U0093504

國際學術研討會

古龍武俠小說 領先時代半世紀

【記者賴素鈴／報導】江湖代有才人出，這廂古龍凋零二十載，那廂今朝懸賞百萬獎新秀，浪淘不盡，唯有武俠熱愛，不隨時間變易，在學術研討會上更見分明。以「一代鬼才：古龍與武俠小說」爲主題，淡江大學第九屆文學與美學國際學術研討會昨起在國家圖書館，展開爲期兩天的議程，紀念武俠小說家古龍逝世二十周年，新生代學者與古龍故舊齊聚一堂，以文論劍話武俠。

日前與淡大中文系教授林保淳共同發表《台灣武俠小說發展史》，武俠小說評論家葉洪生昨天在專題演講中，直批胡適1959年底發表「武俠小說下流論」是「胡說」，學界泰斗的不當發言以及隨即展開的「暴雨專案」，反而促成1960年起台灣武俠新秀的繁興，「武俠小說迷人的地方，恰恰在門道之上。」，葉洪生認定，武俠小說審美四原則在文筆、意構、雜學、原創性，他強調：「武俠小說，是一種『上流美』。」

集多年心血完成《台灣武俠小說發展史》，葉洪生認爲他已爲從十歲起迷上武俠小說的半世紀畫上完美句點，並且宣布他「以後決心退出武俠論壇，封劍退隱江湖」。

雖然葉洪生回顧武俠小說名家此起彼落，套太史公名言「固一世之雄也，而今安在哉？」，認爲這是值得深思的嚴肅課題，昨天意外現身研討會而備受矚目的溫世禮，則爲了紀念同是武俠迷的哥哥溫世仁，推出第一屆「溫世仁武俠小說百萬大賞」，即日起至今年10月3日截止收件，經兩階段評選後於明年12月7日公布首獎得主，預料將會是一場武林新秀的龍虎爭霸戰。

看明日誰領風騷？風雲時代出版社發行人陳曉林眼中的古龍，其實領先他的時代半世紀，以致如今雖然古龍逝世20年，陳曉林認爲大家對古龍的了解仍然有限，預言未來世代更能和古龍的後設風格共鳴。

昨天這場研討會，也凸顯武俠小說作爲一項文學研究門類，仍有待開發學習空間。多位與會者都指出，武俠小說的發表、出版方式和管道具考證難度，學術理論與論文格式的建立待加強。而武俠名家的版權之爭、市場競爭力，也增加出版推廣困難，古龍武俠小說的版權糾紛、司馬翎作品的版權官司也成爲研討會的場外話題。

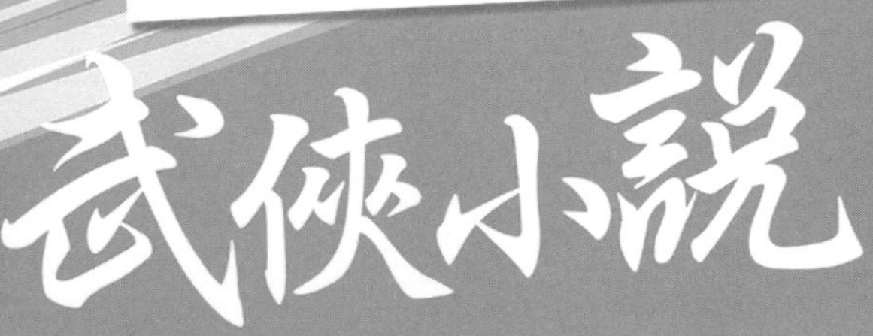

第九屆文學與美

古龍兄為人慷慨豪邁、跌蕩自如，變化多端，文如其人，且復多奇氣，惜英年早逝，余與其相見書年交好，且喜讀其書，今懷不見其人，又無新作可讀，深自嘆惜。

金庸

一九九六、十、十一 香港

天涯·明月·刀
(下)

古龍精品集45

天涯·明月·刀（下）

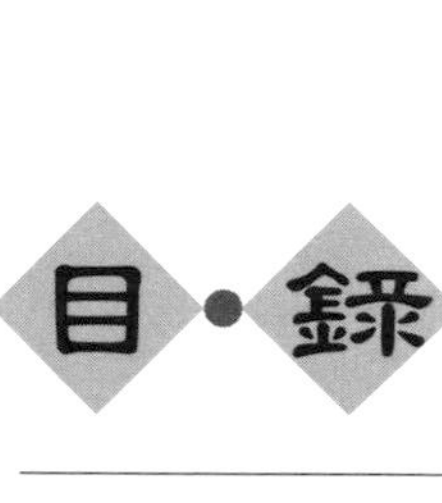

【附錄】 飛刀・又見飛刀

古龍精品集 45

天涯・明月・刀（下）

十八　絕望

一

腳步聲漸漸近了，黑暗中終於出現了一個人，手裡拈著一朵花。

一朵小小的黃花。

來的竟是瘋和尚。

他身上還是穿著那件墨汁淋漓的僧衣，慢慢的走過來，將黃花插在竹籬下。

「人回到了來處，花也已回來了。」

他眼睛裡還是帶著那種濃濃的哀傷：「只可惜黃花依舊，這地方的面目卻已全非。」

傅紅雪也在癡癡的看著竹籬下的黃花：「你知道我是從這裡去的，你也知道花是從這裡去的，所以你才會來。」

瘋和尚道：「你知道什麼？」

傅紅雪道：「我什麼都不知道。」

瘋和尚道：「你既不知道摘花的人是誰，也不知道我是誰？」

傅紅雪道：「你是誰？」

瘋和尚忽然指著僧衣上的墨跡，道：「你看不看得出這是什麼？」

傅紅雪搖搖頭。

瘋和尚嘆了口氣，忽然在傅紅雪對面坐下，道：「你再看看，一定要全心全意的看。」

傅紅雪遲疑著，終於也坐下來。

淡淡的星光，照在這件本來一塵不染的月白僧衣上，衣上的墨跡凌亂。

他靜靜的看著，就像暗室中看著那一點閃動明滅的香火。

——如果你覺得這點香火已不再閃，而且亮如火炬，你就成功了一半。

——然後你就會連香火上飄出的煙霧都能看得很清楚，清楚得就像是高山中的白雲一樣，煙霧上的蚊蚋，也會變得像是白雲間的飛鶴。

他全心全意的看著，忽然覺得凌亂的墨跡已不再凌亂，其中彷彿也有種奇異的韻律。

然後他就發現這凌亂的墨跡竟是幅圖畫，其中彷彿有高山，有流水，有飛舞不歇的刀光，還有孩子們臉上的淚痕。

「你畫的究竟是什麼？」

「你心裡在想什麼，我的畫就是什麼。」

畫境本就是由心而生的。

這不但是一幅畫，而且是畫中的神品。

傅紅雪的眼睛裡發出了光：「我知道你是誰了，你一定就是公子羽門下的吳畫。」

瘋和尚大笑：「明明有畫，你爲什麼偏偏要說無畫？若是無畫，怎麼會有人？」

「什麼人？」

「當然是畫中的人。」

畫中有孩子臉上的淚痕，他心裡想的本就是他們：「人到哪裡去了？」

瘋和尚道：「明明有人，你偏還要問，原來瘋的並不是和尚，是你。」

他大笑著隨手一指：「你再看看，人豈非就在那裡？」

他指著的是那幾間小屋。

小屋的門窗本就是開著的，不知道什麼時候已有燈光亮起。

傅紅雪順著他手指看過去，立刻怔住。

屋裡果然有人，兩個人，杜十七和卓玉貞正坐在那裡吃粥。

本來已將冷卻了的一鍋粥，現在又變得熱氣騰騰。

傅紅雪的人卻已冰冷。

——難道這也像僧衣上的墨跡一樣，只不過是幅虛無縹緲的書畫？

不是的！

屋子裡的確有兩個活生生的人，的確是杜十七和卓玉貞。

看過僧衣上的墨跡後，現在他甚至連他們臉上每一根皺紋都能看得很清楚，甚至可以看到他們的毛孔正翕張，肌肉躍動。

他們卻完全沒有注意到他。

大多數人在這種情況下，都一定會跳起來，衝過去，或者放聲高呼。

傅紅雪不是大多數人。

雖然他已站了起來，卻只是靜靜的站在那裡，連動都沒有動。

因爲他不僅看見了他們兩個人，而且看得更深，看得更遠。就在這一瞬間，他已完全看出了整個事件的真象。

瘋和尚道：「你要找的人是不是就在這裡？」

傅紅雪道：「是的。」

瘋和尚道：「你爲什麼還不過去？」

傅紅雪慢慢的轉過頭，凝視著他，本來已因爲疲倦悲傷而有了紅絲的眼睛，忽又變得說不出的清澈冷酷，刀鋒般盯著他看了很久，才緩緩道：「我只希望你明白一件事。」

瘋和尚道：「你說。」

傅紅雪道：「現在我只要一拔刀，你就死，天上地下，絕沒有一個人能救得了你。」

瘋和尚又笑了，笑得卻已有些勉強：「我已讓你看到了你要找的人，你卻要我死！」

傅紅雪道：「只看見他們還不夠。」

瘋和尚道：「你還要怎麼樣？」

傅紅雪冷冷道：「我要你安安靜靜的坐在這裡，我要你現在就叫躲在門後和屋角的人走出來，他們只要傷了卓玉貞和杜十七一根毫髮，我就會立刻割斷你的咽喉。」

瘋和尚不笑了，一雙總喜歡癡癡看人的眼睛，忽然也變得說不出的清澈冷酷，也過了很久，才緩緩地道：「你沒有看錯，屋角和門後的確都有人在躲著，但卻絕不會走出來。」

傅紅雪道：「你不信我能殺了你？」

瘋和尚道：「我相信。」

傅紅雪道：「你不在乎？」

瘋和尚道：「我也很在乎，只可惜他們卻不在乎，殺人流血這種事，他們早已司空見慣了，你就算把我剁成肉醬，我保證他們也不會皺眉頭。」

傅紅雪閉上了嘴。

他知他說的是實話，因爲他已看見窗口露出了一張臉，也看見了這張臉上的刀疤和猙笑。躲在屋角的人正是公孫屠。

瘋和尚淡淡道：「你應該很了解這個人的，你就算將他自己親生的兒子剁成肉醬，他只怕也絕不會皺一皺眉頭。」

傅紅雪不能否認。

瘋和尚道：「現在我只希望明白一件事。」

傅紅雪道：「你說。」

瘋和尚道：「他們若是將卓玉貞和杜十七剁成肉醬，你不在乎？」

傅紅雪的手握緊，心卻沉了下去。

公孫屠忽然大笑，道：「好，問得好，我也可以保證，只要傅紅雪傷了你一根毫髮，我也立刻就割斷這兩人的咽喉。」

傅紅雪蒼白的臉因憤怒痛苦而扭曲。

瘋和尚道：「他說的話你信不信？」

傅紅雪道：「我相信，我也很在乎，我要他們好好活著，卻不知你們要的是什麼？」

瘋和尚道：「我們要什麼，你就給什麼？」

傅紅雪點點頭，道：「只要他們能活著，只要我有。」

瘋和尚又笑了，道：「我只要你脫下你的衣裳來，完全脫光。」

傅紅雪蒼白的臉突然發紅，全身上下每一根青筋都已凸出。

他寧可死，也不願接受這種污辱，怎奈他偏偏又不能拒絕反抗。

瘋和尚道：「我現在就要你脫，脫光。」

傅紅雪的手抬起。

可是這雙手並沒有去解他的衣紐，卻拔出了他的刀！

刀光如閃電。

他的人彷彿比刀光更快。

刀光一閃間，他已溜入了木屋，一刀刺入了木板的門。

門後一聲慘呼，一個人倒了下來，正是那「若要殺人，百無禁忌」的楊無忌。

他已只剩下一隻手。

他完全想不到會有一把刀從門板中刺入他的胸膛。

他吃驚的看著傅紅雪，彷彿在說：「你就這麼樣殺了我？」

傅紅雪冷冰的看了他一眼，也彷彿在說：「若要殺人，百無禁忌，這本是我學你的。」

這些話他們都沒有說出來，因爲楊無忌連一個字都沒有說出口，呼吸就已停頓。

傅紅雪只看了他一眼，眼睛看著他時，刀鋒已轉向公孫屠。

公孫屠凌空翻身，躍出窗外。

他居然避開了這一刀。

因爲傅紅雪這一刀並不是傷人的，只不過爲了保護卓玉貞。

刀光一閃，刀入鞘。

公孫屠遠遠的站在竹籬旁，刀疤縱橫的臉上冷汗如雨。

卓玉貞放下了碗筷，眼淚立刻像珍珠斷線般落了下來。

杜十七看著她，眼睛裡卻帶著種很奇怪的表情。

瘋和尚嘆了口氣，道：「好，好厲害的人，好快的刀！」

傅紅雪臉上雖然完全沒有表情，其實心還在不停的跳。

剛才那一擊，他並沒有絕對成功的把握，只不過王牌幾乎都已被別人捏在手裡，他已不能不冒險作最後的孤注一擲。

公孫屠忽然冷笑，道：「這一注你雖然押得很準，這一局你卻還沒有贏。」

傅紅雪道：「哦？」

公孫屠道：「因爲最後的一副大牌，還捏在我手裡。」

——他還有一付什麼牌？

公孫屠道：「其實你自己也該想得到的，若沒有人帶路，我們怎麼會找到這裡？」

傅紅雪的手又握緊。

出賣他的人究竟是誰？

突聽一聲驚呼，杜十七突然出手，擰住了卓玉貞的臂，將她的人抱了過去，擋在自己面前。

傅紅雪霍然轉身：「是你！」

杜十七看著他，眼睛裡還是帶著很奇怪的表情，彷彿想開口，又忍住。

傅紅雪道：「你本是個血性男子，怎麼會做出這種事？」

杜十七終於忍不住道：「你……」

他只說一個字，雙眼突然凸出，鮮血同時從眼角，鼻孔，嘴角湧了出來。

卓玉貞反臂一個肘拳打在他身上，他就倒下去，腰肋之間，赫然插著柄尖刀，一尺長的刀鋒，直沒至柄。他的臉已扭曲，嘴角不停的抽動，彷彿還在說：「我錯了，錯了……」

——只要是人，就難免會做錯事，無論什麼樣的人都不例外。

卓玉貞的手一放開刀柄，立刻就向後退，忽然轉身用力抱住了傅紅雪，叫道：「我殺了人……我殺了人！」

對她來說，殺人竟似比被殺的更可怕。

她顯然還是第一次殺人。

傅紅雪也有過這種經驗，他第一次殺人時連苦水都吐了出來。

他了解這種感覺。

要忘記這種感覺並不容易。

可是人還是繼續殺人，只有人才會殺人，因爲有些人一定要逼著人去殺人。

這種事有時變得像瘟疫一樣，無論誰都避免不了，因爲你不殺他，他就要殺你。

——被殺的人獲得安息，殺人的人卻在被痛苦煎熬。

這豈非也是種充滿了諷刺的悲劇？

二

一切又恢復平靜。

太平靜了。

血已不再流，仇敵已遠去，大地一片黑暗，聽不見任何聲音。

連孩子的啼哭聲都聽不見。

「孩子呢？」

傅紅雪整個人忽然都已冰冷：「孩子已落入他們手裡？」

卓玉貞反而忍住了悲痛安慰他：「孩子們不會出什麼事的，他們要的並不是孩子。」

傅紅雪立刻問：「他們要什麼？」

卓玉貞遲疑著：「他們要的是……」

傅紅雪道：「是不是孔雀翎？」

卓玉貞只有承認：「他們以爲秋水清已將孔雀翎交給了我，只要我肯將孔雀翎交給他們，他們就把孩子還我。」

她的淚又流下：「可是我沒有孔雀翎，我甚至連看都沒有看過那鬼東西。」

傅紅雪的手好冷，冷得可怕。

卓玉貞緊握住他的手，黯然道：「這件事我本不想告訴你的，我知道世上已絕沒有任何人能替我把孩子要回來。」

傅紅雪道：「那也是我的孩子。」

卓玉貞道：「可是你也沒有孔雀翎，就算你能殺了他們，還是要不回我的孩子來的。」

傅紅雪閉上了嘴。

他不能不承認自己也無法解決這件事，他心裡就像是有把刀在攪動。

卓玉貞又在安慰他：「他們暫時不會去傷害孩子們的，可是你……」

她輕撫著傅紅雪蒼白的臉：「你已經太累了，而且受了傷，你一定要好好休息，想法子暫時將這些煩惱的事全都忘記。」

傅紅雪沒有開口，沒有動。

他似已完全麻木，因為他沒有孔雀翎，他救不了他的孩子。

他親手接過他們來到人世，現在卻只能眼睜睜的看著他們受苦，看著他們死。

卓玉貞當然已看得出他的痛苦，流著淚將他拉到床上躺下，按著他的雙肩，柔聲道：「現在你一定要盡量放鬆自己，什麼事都不要想，讓我先治好你的傷。」

她又輕輕撫摸著他的臉，然後就重重的點了他七處穴道。

沒有人能想到這變化。縱然世上所有的人都能想到，傅紅雪也絕對想不到。

他吃驚的看著她。可是他的驚訝還遠不及他的痛苦強烈。

——當你正全心全意去對待一個人時，這個人卻出賣了你，這種痛苦有誰能想像。

卓玉貞卻笑了，笑得又溫柔，又甜蜜。

「看樣子你好像很難受，是你的傷口在痛？還是你的心在痛？」

她笑得更愉快：「不管你什麼地方痛，一定很快就會不痛了。」

因爲死人是不會痛的。

她微笑著問道：「我本來以爲孔雀翎在你這裡，可是現在看起來我好像是想錯了，所以我很快就會殺了你的，到了那時，你就什麼煩惱痛苦都沒有了。」

傅紅雪的嘴唇已乾裂，連一個字都說不出來。

卓玉貞道：「我知道你一定想問我，我爲什麼要這樣對你，可是我偏偏不告訴你。」

她看著他的刀：「你說你這把刀是誰也不能動的，現在我卻偏偏要動動它。」

她伸手去拿他的刀：「不僅要動，而且還要用這把刀殺了你。」

她的手距離他的刀只有一寸。

傅紅雪忽然道：「你最好還是不要動！」

卓玉貞道：「爲什麼？」

傅紅雪道：「因爲我還是不想殺你。」

卓玉貞大笑，道：「我就偏要動，我倒要看看你能用什麼法子殺我？」

她終於觸及了他的刀！

他的刀忽然翻起，打在她手背上，漆黑的刀鞘就像是條燒紅的烙鐵。

她手背上立刻多了條紅印，疼得幾乎連眼淚都流了出來，可是她的驚惶卻遠比痛苦更強烈。

她明明已點住了他七處很重要的穴道，她出手又一向極準。

傅紅雪道：「只可惜有件事卻是你永遠也想不到的。」

卓玉貞忍不住問：「什麼事？」

傅紅雪道：「我全身上下每一處穴道都已被移開了一寸。」

卓玉貞怔住。

她的計劃中絕沒有一點疏忽錯誤，她點穴的手法也沒有錯，錯的本來就是傅紅雪，她做夢都想不到他的穴道也錯了；這一寸的差錯，竟使得她整個計劃完全崩潰。

她懊惱悔恨，怨天尤人，卻忘了去想一想，這一寸的差距是怎麼來的。

——二十年的苦練，流不盡的血汗，堅忍卓絕的決心，咬緊牙關的忍耐。

——這一寸的差距，就是這麼樣換來的，世上並沒有僥倖的事。

這些她都沒有去想，她只想到一件事——一次失敗後，她絕不會有第二次機會。

她的人也完全崩潰。

傅紅雪卻已站起來，冷冷的看著她，忽然道：「我知道你也受了傷。」

卓玉貞道：「你知道？」

傅紅雪道：「你的傷在肋下，第一根與第三根肋骨之間，刀口長四寸，深七分。」

卓玉貞道：「你怎麼會知道的？」

傅紅雪道：「因爲那是我的刀。」

——天龍古刹，大殿外，刀鋒滴血。

傅紅雪道：「那天在大殿外和公孫屠同時出手暗算我的也是你。」

卓玉貞居然沉住了氣，道：「不錯，就是我。」

傅紅雪道：「你的劍法很不錯。」

卓玉貞道：「還好。」

傅紅雪道：「我到了天龍古刹，你也立刻跟著趕去了。」

卓玉貞道：「你走得並不快。」

傅紅雪道：「公孫屠他們能找到這裡，當然不是因爲杜十七通風報訊。」

卓玉貞道：「當然不是他，是我。」

傅紅雪道：「所以你才殺了他滅口。」

卓玉貞道：「我當然不能讓他洩露我的秘密。」

傅紅雪道：「他們能找到明月心，當然也是因爲你。」

卓玉貞道：「若不是我，他們怎麼會知道明月心又回到孔雀山莊那地室裡？」

傅紅雪道：「這些事你都承認？」

卓玉貞道：「我爲什麼不承認？」

傅紅雪道：「你爲什麼要做這些事？」

卓玉貞忽然從身上拿出朵珠花，正是那天在孔雀山莊的地室裡，從垂死的「食指」趙平懷中跌落出來的。

她看著這朵珠花，道：「你一定還記得這是從哪裡來的。」

傅紅雪記得。

卓玉貞道：「那天我什麼都不要，只要了這朵珠花，你一定以爲我也像別的女人一樣，見了珠寶就忘了一切。」

傅紅雪道：「你不是？」

卓玉貞道：「我搶先要了這朵珠花，只因爲怕你看到上面的孔雀標記。」

傅紅雪道：「孔雀？」

卓玉貞道：「這朵珠花就是秋水清送給卓玉貞的定情物，她至死都帶在身上。」

傅紅雪道：「卓玉貞已死了？」

卓玉貞冷冷道：「她若沒有死，這朵珠花怎麼到了趙平手裡？」

傅紅雪忽然沉默，因爲他必須控制自己。

過了很久，他才輕輕吐出口氣，道：「你果然不是卓玉貞，你是誰？」

她又笑了，笑得狡猾而殘酷：「你問我是誰？你難道忘了我是你妻子？」

傅紅雪的手冰冷。

「我嫁給你，雖然只不過因爲我想給你個包袱，把你拖住，把你累死，讓你隨時隨地都得爲了救我而去跟人拚命，可是無論誰也不能否認，我總算已嫁給了你。」

「……」

「我害死了明月心，害死了燕南飛，殺了杜十七，又想害死你，但我卻是你的老婆。」

她笑得更殘酷：「我只要你記住這一點，你若要殺我，現在就過來動手吧！」

傅紅雪忽然衝了出去，頭也不回的衝入了黑暗中。

他已無法回頭。

三

黑暗，令人絕望的黑暗。

傅紅雪狂奔。他不能停下來，因爲他一停下來，就要倒下去。

他什麼事都沒有想，因爲他不能想。

——孔雀山莊毀了，秋水清毫無怨言，只求他做一件事，只求他能爲秋家保留最後一點血脈。

——可是現在卓玉貞也已死了。

——「她」知道珠花上有孔雀標記，「她」當然也是兇手之一。

——他卻在全心全意的照顧她，保護她，甚至還娶了她做妻子。

——若不是為了她，明月心怎麼會死？

——若不是為了保護她，燕南飛又怎麼會死？

——他卻一直都以為他做的事是完全正確的，現在他才知道他做的事有多可怕。

可是現在已遲了，除非有奇蹟出現，死去了的人，是絕不會復活的。

他從不相信奇蹟。

那麼除了像野狗般在黑暗中狂奔外，現在他還能做什麼？

就算殺了「她」又如何？

這些事他不敢去想，也不能去想，他的腦中已漸漸混亂，一種幾乎已接近瘋狂的混亂。

他狂奔至力竭時，就倒了下去，倒下去時他就已開始痙攣抽搐。

那條看不見的鞭子，又開始不停的抽打著他；現在不但天上地下的諸神諸魔都要懲罰他，讓他受苦，他自己也要懲罰自己。

這一點至少他還能做得到。

四

小屋中靜悄悄無聲。

門外彷彿有人在說話，可是聲音聽來卻很遙遠，所有的事都彷彿很模糊，很遙遠，甚至連他自己的人都彷彿很遙遠，但是他卻明明在這裡，在這狹窄，氣悶，庸俗的小屋裡。

這究竟是什麼地方？

這屋子是誰的？

他只記得在倒下去之前，彷彿衝入了道窄門。

他彷彿來過這裡，可是他的記憶也很模糊，很遙遠。

門外說話的聲音卻忽然大了起來。是一個男人和一個女人在說話。

「莫忘記我們是老相好了，你怎麼能讓我吃閉門羹？」這是男人的聲音。

「我說過，今天不行，求求你改天再來好不好。」女人雖然在央求，口氣卻很堅決。

「今天爲什麼不行？」

「因爲……因爲今天我月經來了。」

「放你娘的屁。」男人突然暴怒：「就算真的月經來了，也得脫下褲子來讓老子看看。」

男人在慾望不能得到發洩時，脾氣通常都很大的。

「你不怕霉氣？」

「老子就不怕，老子有錢，什麼都不怕，這裡是五錢銀子，你不妨先拿去再脫褲子。」

五錢銀子就可以解決慾望？

五錢銀子就可以污辱一個女人？

這裡究竟是個什麼樣的地方？這世界究竟是個什麼樣的世界？

傅紅雪全身冰冷，就像是忽然沉入了冷水裡，沉入了水底。

他終於想起這是什麼地方了。他終於看見了擺在床頭上的，那個小小的神龕，終於想起了那個戴茉莉花的女人。

——他怎麼會到這裡來的？是不是因爲她說了那句：「我等著你！」

——是不是因爲現在他也變得像她一樣，已沒有別的路可走？

——是不是他的慾望已被抑制得太久，這裡卻可以讓他得到發洩？

這問題只有他自己能解答，可是答案卻藏在他心底深處某一個極隱密的地方，也許永遠都沒有人能發掘出去。

也許連他自己都不能。他沒有再想下去，因爲就在這時候，已有個醉醺醺的大漢闖了進來。

「哈，老子就知道你這屋裡藏著野男人，果然被老子抓住了。」

他伸出蒲掌般的大手，像是想將傅紅雪一把從床上抓起來，但他抓住的卻是那個戴茉莉花的女人。

她已衝了上來，擋在床前，大聲道：「不許你碰他，他有病。」

大漢大笑：「你什麼男人不好找，怎麼偏偏找個病鬼？」

戴茉莉花的女人咬了咬牙：「你若一定要，我可以跟你到別的地方去，連你的五錢銀子都不要，這一次我免費。」

大漢看著她，彷彿很奇怪：「你一向先錢後貨，這一次爲什麼免費？」

她大聲道：「因爲我高興。」

大漢忽又暴怒：「老子憑什麼要看你高不高興？你高興，老子不高興。」

他的手一用力，就像老鷹抓小雞般，將她整個人都拎了起來。

她沒有反抗。因爲她既不能反抗，也不會反抗，男人的污辱，她久已習慣了。

傅紅雪終於站起來，道：「放開她。」

大漢吃驚的看著他：「是你在說話？」

傅紅雪點點頭。

大漢道：「是你這病鬼叫老子放開她？」

傅紅雪又點點頭。

大漢道：「老子偏不放開她，你這病鬼又能怎麼樣？」

他忽然看見傅紅雪手裡有刀：「好小子，你居然還有刀，難道你還敢一刀殺了我？」

——殺人，又是殺人！

——人爲什麼一定要逼著人殺人？

傅紅雪默默的坐了下去，只覺得胃在收縮，幾乎又忍不住要嘔吐。

大漢大笑，他高大健壯，兩臂肌肉凸起，輕輕一動，就將這個戴茉莉的女人重重拋在床上，然後他就一把揪住了傅紅雪的衣襟，大笑道：「就憑你這病鬼也想做婊子的保鏢？老子倒要看看你的骨頭有幾根？」

戴茉莉花的女人縮在床上，大聲驚呼。

大漢已準備將傅紅雪拎起來，摔到門外去。

「砰」的一聲，一個人重重的摔在門外，卻不是傅紅雪，而是這個準備摔人的大漢。

他爬起，又衝過來，揮拳痛擊傅紅雪的臉。

傅紅雪沒有動。

這大漢卻捧著手，彎著腰，疼得冷汗都冒了出來，大叫著衝了出去。

傅紅雪閉上了眼睛。

戴茉莉花的女人眼睛卻瞪得好大，吃驚的看著他，顯得又驚訝，又佩服。

傅紅雪慢慢的站起來，慢慢的走了出去，衣裳也已被冷汗濕透。

——忍耐並不是件容易的事。

——忍耐就是痛苦，一種很少有人能了解的痛苦。

門外陽光刺眼，他的臉在陽光下看來彷彿變成透明的。

在這新鮮明亮的陽光下，一個像他這樣的人，能做什麼事？能到哪裡去？

他突然覺得心裡有無法形容的畏懼。他畏懼的不是別人，而是他自己。

他也畏懼陽光，因爲他不敢面對這鮮明的陽光，也不敢面對自己。

他又倒了下去。

十九　情到濃時情轉薄

一

一股甘美溫暖的湯汁，從咽喉裡流下去，痙攣緊縮的胃立刻鬆弛舒展，就像是乾瘠的土地獲得了滋養和水份。

傅紅雪張開眼睛，第一眼看見的是隻很白很小的手。一隻很白很小的手，拿著個很白很小的湯匙，將一碗濃濃的，熱熱的，芳香甘美的湯汁，一匙匙餵入他嘴裡。

看見他醒來，她臉上立刻露出愉快的笑容：「這是我特地要隔壁那洗衣裳的老太婆炖的雞湯，是烏骨雞，聽說吃了最補，看樣子果然有點效。」

傅紅雪想閉上嘴，可是一匙濃濃的雞湯又到他嘴邊，他實在不能拒絕。

她還在笑：「你說奇不奇怪？我這一輩子從來都沒有照顧過別人，也從來沒有人照顧過我。」

小屋裡有個小小的窗子，窗外陽光依舊燦爛。

她的眼睛已從傅紅雪臉上移開，癡癡的看著窗外的陽光。

陽光雖燦爛，她的眼睛卻很黯淡。她是不是想起了很久很久以前，那些沒有人照顧的日子？

那些日子顯然並不是在陽光下度過的，她這一生中，很可能從來也沒有在陽光下度過一天。

過了很久，她才慢慢的接道：「我現在才知道，不管被人照顧或照顧別人，原來都是這麼……這麼好的事。」

她並不是個懂得很多的女孩子，她想了很久才想出用這個「好」字來形容自己的感覺。

傅紅雪了解她的感覺，那絕不是個「好」字可以形容的，那其中還包括了滿足，安全和幸福，因爲她覺得自己不再寂寞孤獨。

她並不奢求別人的照顧，只要能照顧別人，她就已滿足。

傅紅雪忽然問：「你叫什麼名字？你自己真正的名字。」

她又笑了。她喜歡別人問她的名字，這至少表示他已將她當做一個人。一個真正的人，一個獨立的人，既不是別人的工具，也不是別人的玩物。

她笑著道：「我姓周，叫周婷，以前別人都叫我小婷。」

傅紅雪第一次發覺她笑得竟是如此純真，因爲她已將臉上那層厚厚的脂粉洗淨了，露出了她本來的面目。

她知道他在看她：「我沒有打扮的時候，看起來是不是像個老太婆？」

傅紅雪道：「你不像。」

小婷笑得更歡愉：「你真是個很奇怪的人，我想不到你還會來找我的。」

她皺了皺眉道：「你來的時候樣子好可怕，我本來以爲你已經快死了，我隨便問你什麼話，你都不知道，可是我一碰你的刀，你就要打人。」

她看著他手裡漆黑的刀。

傅紅雪沉默。

她也沒有再問，她也久已習慣了別人對她的拒絕，無論對什麼事，她都沒有抱很大的希望，對於這個無情的世界，她幾乎已完全沒有一點奢望和要求，她甚至連他的名字都不問，因爲……

「我知道你是個好人，雖然也輕輕打了我一下，卻沒有像別人那麼污辱我，你還平白無故給了我那麼多銀子。」

對她來說，這些事已經是很大的恩惠，已足夠讓她永遠感激。

「你給我的那些銀子，我一點也沒有用，就算天天買雞吃，也夠用好久了，所以你一定要留在這裡，等你的病好了再走。」

她拉住他的手：「假如你現在就走了，我一定會很難受很難受的。」

在別人眼中看來，她是個卑微下賤的女人，爲了五錢銀子，就出賣自己。

可是她對他一無所求，只要他能讓她照顧，她就已心滿意足，比起那些自命「高貴」的女人來，究竟是誰高貴？誰卑賤？

她出賣自己，只不過因爲她要活下去。又有誰不想活下去？

傅紅雪閉上了眼睛，忽然問道：「你這裡有沒有酒？」

小婷道：「這裡沒有，但是我可以去買。」

傅紅雪道：「好，你去買，我不走。」

——病人本不該喝酒的。

——他爲什麼要喝酒？是不是因爲心裡有解不開的煩惱和痛苦？

——可是喝酒並不能解決任何事，喝醉了對他又有什麼好處？

這些她都沒有去想。

她想得一向很少，要求的也不多；只要他肯留下，無論叫她去做什麼都沒有關係。

「人活著就該奮發圖強，清醒的工作，絕不能自暴自棄，自甘墮落。」

這些話她全不懂。她已在泥淖中活得太久了，從來也沒有人給過她機會讓她爬起來。

對她來說，生命並不是別人想像中那麼複雜，那麼高貴的事。

生命並沒有給過她什麼好處，又怎麼能對她有太多要求。

二

傅紅雪醉了，也不知已醉了多少天。

一個人醉的時候，總會做出些莫名其妙，不可理喻的事，可是她全無怨尤。他要酒，她就去買酒，買了一次又一次，有時三更半夜還要去敲酒舖的門，她非但從來沒有拒絕過他，也從來沒有一點不高興的樣子。

只不過有時她去得太久，買酒的地方卻不太遠。

傅紅雪當然偶爾也有清醒的時候，卻從未問她爲什麼去得那麼久？

那天他給她的只不過是些散碎的銀子，因爲他身上本來就只有些散碎銀子，他一向窮，正如他一向孤獨。

可是他也從未問過她買酒錢是哪裡來的，他不能問，也不敢問。

她也從未問過他任何事，卻說過一句他永遠也忘不了的話；那是在一天晚上，她也有了幾分酒意時說的。

「我雖然什麼都不懂，可是我知道你一定很痛苦。」

痛苦？他的感覺又豈是痛苦兩個字所能形容？

有一天她特別高興，因爲這天是她的生日，她特別多買了些東西，還買了隻近來已很難得再吃到的老母雞，可是她回來的時候，他已走了，沒有留下一句話就走了。

酒瓶跌落在地上，跌得粉碎。她癡癡的站在床前，從白天一直站到晚上，連動都沒有動。

枕上還留著他的頭髮。她拈起來，包好，藏在懷裡，然後就又出去買酒。

今天是她的生日，一個人一生中能有幾個生日？

她爲什麼不能醉？

三

傅紅雪沒有醉，這兩天來，他都沒有醉，他一直都在不停的往前走，既沒有目的，也不辨方向，他只想遠遠的離開她，愈遠愈好。

也許他們本就已沉淪，但他卻還是不忍將她也拖下去。

分離雖然總難免痛苦，可是她還年輕，無論多深的痛苦都一定很快就會忘記的。年輕人對於痛苦的忍力總比較強，再拖下去，就可能永遠無法自拔了。

走累了他就隨便找個地方躺一躺，然後又開始往前走，他沒有吃過一粒米，只喝了一點水，他的鬍子已長得像刺蝟，遠遠就可以嗅到他身上的惡臭。

他在折磨自己，拚命折磨自己。他幾乎已不再去想她，直到他忽然發現身上有個小小手帕包的時候。

繡花的純絲手帕，是她少數幾件奢侈的東西之一，手帕裡包著的，是幾張數目並不小的銀票，和幾錠金錁子，這也是那天從垂死的「食指」身上找出來的，他隨手放在懷裡，早已忘記，是他的病發作時，不停的痙攣扭曲，這些東西掉了出來，被她看見，她就用她最珍愛的一塊手帕爲他包起，爲了五錢銀子她就可以出賣自己，甚至可能爲了一瓶酒就出賣自己。可是這些東西她卻連動都沒有動過。她寧可出賣自己，也不願動他一點東西。

傅紅雪的心在絞痛，忽然站起來狂奔，奔向她的小屋。

她卻已不在了。

小屋前擠滿了人，各式各樣的人，其中還有戴著紅纓帽的捕快。

「這是怎麼回事？」

他問別人，沒有人理他，幸好有個酒醉的乞丐將他當作了同類。

「這小屋裡住的本來是個婊子，前天晚上卻逃走了，所以捕快老爺來抓她。」

「爲什麼要抓她？她爲什麼要逃？」

「因爲她殺了人。」

——殺人？那善良而可憐的女孩子怎麼會殺人？

「她殺了誰？」

「殺了街頭那小酒舖的老闆。」乞丐揮拳作勢：「那肥豬本來就該死。」

「爲什麼要殺他？」

「她常去那酒舖買酒，本來是給錢的，可是她酒喝得太多，連生意都不做了，酒癮發作時，就只好去賒，那肥豬居然就賒給了她。」

乞丐在笑：「因爲那肥豬居然不知道她是幹什麼的，想打她的主意，前天晚上也不知道爲了什麼，她居然一個人跑到酒舖裡去喝酒，喝得大醉，那肥豬當然喜翻了心，認爲這是天大的好機會，乘她喝醉時，就霸王硬上弓，誰知她雖然是賣笑的，卻偏偏不肯讓那肥豬碰她，竟拿起了櫃上那把切豬肉的刀，一刀將那肥豬的腦袋砍成了兩半。」

他還想再說下去，聽的人卻已忽然不見了。

乞丐只有苦笑著喃喃自語：「這年頭的怪事真不少，婊子居然會爲了不肯脫褲子而殺人，你說滑稽不滑稽？」

他當然認爲這種事很滑稽，可是他若也知道這件事的真象，只怕也會伏在地上大哭一場。

四

傅紅雪沒有哭，沒有流淚。

街頭的酒舖正在辦喪事，他衝進去，拿了一罈酒，把酒舖砸得稀爛，然後他就一口氣將這罈酒全都喝光，倒在一條陋巷中的溝渠旁。

——也不知爲什麼，她連生意都不做了。

——也不知爲什麼，她居然一個人跑去喝得大醉，卻偏偏不肯讓那肥豬碰她。

她究竟是爲了什麼？誰知道？

傅紅雪忽然放聲大喊：「我知道……我知道。」

知道了又如何？

知道了只有更痛苦！

她已逃走了，可是她能逃到哪裡去？最多也只能從這個泥淖逃入另一個泥淖中去。另一個更臭的泥淖！

傅紅雪還想再喝，他還沒有醉，因爲他還能想到這些事。

——明月心和燕南飛是爲了誰而死的？

——小婷是爲了誰而逃？

他掙扎著爬起來，衝出陋巷，巷外正有一匹奔馬急馳而過。健馬驚嘶，騎士怒叱，一條鞭子毒蛇般抽了下來。

傅紅雪一反手就抓住了鞭梢。他狂醉，爛醉，已將自己折磨得不成人形，但他畢竟還是傅紅雪。

馬上的騎士用力奪鞭，沒有人能從傅紅雪手裡奪下任何東西，「卜」的一聲，馬鞭斷了。

傅紅雪還站著，馬上的騎士卻幾乎從鞍上仰天跌下去，可是他的反應也不慢，甩蹬離鞍，凌空翻身，奔馬前馳，這個人卻已穩穩的站在地上，吃驚的看著傅紅雪。

傅紅雪沒有看他，連一眼都沒有去看，現在他唯一想看見的，就是一罈酒，一罈能令他忘記所有痛苦的烈酒。

他就從這個人面前走了過去，他走路的樣子笨拙而奇特，這個人眼睛裡忽然露出種很奇怪的表情，就好像忽然見到鬼一樣。

他立刻大喊：「等一等。」

傅紅雪不理他。

這個人又問：「你是傅紅雪？」

傅紅雪還是不理他。

這人突然反手拔劍，一劍向傅紅雪脅下軟肋刺了過去，他出手輕靈迅急，顯然也是武林中的快劍。可是他的劍距離傅紅雪脅下還有七寸時，傅紅雪的刀已出鞘。

刀光一閃，鮮血飛濺，一顆大好頭顱竟已被砍成兩半。

人倒下，刀入鞘。傅紅雪甚至連腳步都沒有停，甚至連看都沒有看這個人一眼。

五

夜已很深，這小酒舖裡卻還有不少人，因爲無論是誰，只要一進來就不許走。

因爲傅紅雪說過：「我請客，你們陪我喝，誰都不准走。」

他身上帶著惡臭和血腥，還帶著滿把的銀票和金錁子，他的惡臭令人厭惡，血腥令人害怕，那滿把的金銀卻又令人尊敬，所以沒有人敢走。

他喝一杯，每個人都得陪著舉杯，外面居然又有兩個人進來，他根本沒有看見那是兩個什麼樣的人，這兩個人卻在盯著他，其中有一個忽然走到他對面坐下。

「乾了。」

他舉杯，一飲而盡，居然還是沒有看看這個人，連一眼都沒有看。

這人忽然笑了笑，道：「好酒量。」

傅紅雪道：「嗯，好酒量。」

這人道：「酒量好，刀法也好。」

傅紅雪道：「好刀法。」

這人道：「你好像曾經說過，能殺人的刀法，就是好刀法。」

傅紅雪道：「我說過？」

這人點點頭，忽又問道：「你知不知道你剛才殺的那個人是誰？」

傅紅雪道：「剛才我殺過人？我殺了誰？」

這人看著他，眼睛裡充滿笑意，一種可以令人在夜半驚醒的笑意：「你殺的是你大舅子。」

傅紅雪皺起眉，好像拚命在想自己怎麼會有個大舅子？

這人立刻提醒他：「你難道忘了現在你已是成過親的人？你老婆的哥哥，就是你大舅子。」

傅紅雪又想了半天，點點頭，又搖搖頭，好像明白了，又好像不明白。

這人忽然指了指跟著他一起進來的那個人，道：「你知不知道她是誰？」

跟他來的是個女人，正遠遠的站在櫃台旁，冷冷的看著傅紅雪。

她很年輕，很美，烏黑的頭髮，明亮的眼睛，正是每個父母都想有的那種女兒，每個男人都想有的那種妹妹，每個少年都想有的那種情人。可是她看著傅紅雪的時候，眼睛裡卻充滿了懷恨和怨毒。

傅紅雪終於也抬頭看了她一眼，好像認得她，又好像不認得。

這人笑道：「她就是你的小姨子。」

他生怕傅紅雪不懂，又在解釋：「小姨子就是你老婆的妹妹，也就是你大舅子的妹妹。」

傅紅雪又開始喝酒，好像已被他說得混亂了，一定要喝杯酒來清醒。

這人又問道：「你知不知道她現在想幹什麼？」

傅紅雪搖頭。

這人道：「她想殺了你。」

傅紅雪忽然嘆了口氣，喃喃道：「爲什麼每個人都想殺了我？」

這人又笑了：「你說得一點都不錯，這屋裡坐著十三個人，至少有七個是來殺你的，他們都想等你喝醉了再動手。」

傅紅雪道：「要等我喝醉？我怎麼會醉，再喝三天三夜都不會醉。」

這人微笑道：「既然再等三天三夜都沒有用，看來他們現在就會動手了。」

就在這時，只聽「叮」的一聲，一隻酒杯掉在地上，粉碎。本來拿著這酒杯的人，手裡拿著的已是把厚背薄刃的砍山刀。他向傅紅雪衝過來時，一柄練子槍，一口雁翎刀，一條竹節鞭，一把喪門劍，也同時擊下。

使劍的一個年輕人眼睛裡滿佈血絲，口中還在低吼著：「黑手復仇，道上的朋友莫管閒事。」

說完這句話，他就怔住，他的四個同伴也怔住，五個人就像是石像般動也不動的站著，因爲他們手裡的兵刃已沒有了，五件兵刃都已到了坐在傅紅雪對面的這個人手裡。

他們一開始行動，他也動了，左手在肩上一拍，右手已將兵刃奪下，五個人只覺得眼前一花，人影閃動間，手裡的兵刃已不見了。

這人已坐回原來的地方，將五件兵刃輕輕的放在桌上，然後微笑著道：「我不是道上的朋友，我可以管閒事。」

使劍的年輕人怒喝道：「你是什麼人？」

這人道：「我的姓名一向不告訴死人的。」

年輕人道：「誰是死人？」

這人道：「你！」

他們本來還全部好好的站在那裡，這個字說出來，五個人的臉色忽然變得慘白，全身的血肉好像一下子就被抽乾，五個生氣勃勃的壯漢，忽然間就變得乾枯憔悴，忽然就全都倒了下去。

傅紅雪卻好像還是沒有看見。

這人嘆了口氣，道：「我替你殺了這些人，你就算不感激我，至少也應該稱讚我兩句。」

傅紅雪道：「稱讚你什麼？」

這人道：「難道你看不出我用的是什麼功夫？」

傅紅雪道：「我看不出。」

這人道：「這就是『天地交征陰陽大悲賦』中，唯一流傳到人世的兩種功夫之一。」

傅紅雪道：「哦？」

這人道：「這就是天絕地滅大搜魂手。」

傅紅雪道：「哦？」

這人道：「還有一種，就是你已學會的天移地轉大移穴法。」

他笑了笑，又道：「你能將穴道移開一寸，至少已將這種功夫練到了九成火候。」

傅紅雪道：「你呢？你是誰？」

這人道：「我就是西方星宿海的多情子，甚至比你還多情。」

傅紅雪終於抬起頭，看著他，好像直到現在才知道對面坐著的是個人。

這人笑得很溫柔，眉目很清秀，看來的確像是個多情人的樣子。

「多情人也殺人？」

「情到濃時情轉薄，就因爲我的情太多太濃，所以現在比紙還薄。」

多情子微笑著又道：「只不過我也從來不會無緣無故就殺人的。」

傅紅雪道：「哦？」

多情子道：「我殺這些人，只因爲我不想讓你死在他們手裡。」

傅紅雪道：「爲什麼？」

多情子道：「因爲我想要你死在我手裡。」

傅紅雪道：「你真的想？」

多情子道：「我簡直想得要命。」

遠遠站在櫃檯邊的那個女孩子忽然道：「因爲他若殺了你，我就嫁給他。」

多情子道：「你看，我已經三十五了，還沒有娶妻，當然也沒有兒子，不孝有三，無後爲大，你總不能叫我做個不孝的人。」

那少女搶著道：「他不會的。」

多情子道：「你怎麼知道？」

少女道：「我看見過他三次出手，他的刀上本來的確就好像有鬼一樣。」

多情子道：「現在呢？」

少女道：「現在他刀上的鬼已經到他自己心裡去了。」

多情子故意問道：「怎麼會去的？」

少女道：「爲了兩樣事。」

多情子道：「酒和女人？」

少女點點頭，道：「爲了這兩樣事，以前他也幾乎死過一次。」
多情子道：「可是他沒有死。」
少女道：「因爲他有個好朋友！」
多情子道：「葉開？」
少女嘆了口氣，道：「只可惜現在葉開已不知到哪裡去了。」
多情子道：「那麼現在他豈非很危險？」
少女道：「危險得很。」
多情子道：「你看我是不是接得住他的刀？」
少女笑了笑，道：「你那大搜魂手連真的鬼魂都能抓住，何況一把已沒有鬼的刀？」
多情子道：「就算我能抓住他的刀，我的手豈非也會斷？」
少女道：「不會的。」
多情子道：「爲什麼不會？」
少女道：「因爲你抓的法子很巧妙，你的手根本碰不到刀鋒，而且你另一隻手已搜去了他的魂。」
多情子道：「這麼說來，他這個人豈非已完了？」
少女道：「他還有一點希望。」
多情子道：「什麼希望？」

少女道：「只要他告訴我們兩件事，我們連碰都不碰他。」

多情子道：「兩件什麼事？」

少女道：「孔雀翎在哪裡？天地交征陰陽大悲賦在哪裡？」

多情子道：「他若有孔雀翎，若已練成了大悲賦，我們就完了。」

少女道：「也許他的手已不夠穩，已沒法子使用孔雀翎，也許他雖然練成了大移穴法，卻已沒法子再練別的功夫了。」

多情子笑了：「看他這樣子，的確好像沒法子再練別的功夫了。」

少女也笑了：「現在他唯一還能練的功夫，就是喝酒。」

多情子笑道：「這種功夫他好像已練得很不錯。」

少女道：「只可惜這種功夫唯一的用處就是讓他變成個酒鬼，死酒鬼。」

他們說的每句話都像是一根針，他們想把這一根根針全都刺到他心裡，讓他痛苦，讓他軟弱，讓他崩潰，只可惜這些針卻好像全都刺到一塊石頭上去了，因爲傅紅雪連一點反應都沒有，他已完全麻木。

麻木距離崩潰已不遠，距離死也不遠。

多情子嘆了口氣，道：「看樣子他像已決心不肯說？」

少女嘆了口氣，道：「也許他一定要等到快死的時候才肯說。」

多情子道：「現在時候還沒有到？」

少女道：「你一出手就到了。」

多情子已出手。他的手又白又細，就像是女人的手。他的手勢柔和優美，就好像在摘花，一朵很嬌嫩脆弱的小花。

無論多堅強健壯的人，在他的手下，都會變得像花一樣嬌嫩脆弱。

他出手彷彿並不快，其實卻像是一道很柔和的光，等你看見它時，它已到了。

可是這一次他的手還沒有到，刀已出鞘。

刀光一閃，他的手忽然也像花瓣般開放，竟真的抓住了這把刀。他的另一隻手是不是立刻就會搜去傅紅雪的魂魄？就像是他剛才一下子就抽乾了那些人的血肉！

花瓣般的手，搜魂的手。

沒有人能接得住的刀，竟已被這隻手接住，只可惜無論多可怕的手，到了這把刀下，也都會變得花瓣般嬌嫩脆弱。

刀光一閃，鮮血飛濺。

手已被砍成了兩半，頭顱也已被砍成了兩半。

少女的眼睛張大，瞳孔卻在收縮。

她根本沒有看見這把刀。刀已入鞘，就像是閃電沒入了黑暗的穹蒼，沒有人還能看得見，她只能看見傅紅雪蒼白的臉。

傅紅雪已站起來，走過去，走路的樣子還是那麼笨拙，笨拙得可怕。

他走得很不穩，他已醉了，醉得可怕。

在她看來，他全身上下每一個地方，每一個動作，都變得說不出的可怕，她怕得幾乎連血液都已凝結，但她卻忽然笑了：「難道你不認得我了？我就是倪家的二小姐，倪慧，我們是朋友。」

傅紅雪不理她。

她看著他從她面前走過去，眼睛裡還是充滿了恐懼。她絕不能讓這個人活著。他活著，她就得死，死在他手裡。

這判斷也許並不正確，她本是聰明絕頂的人，可是恐懼卻使她失去理智。可是她並沒有忘記她的天女花。除了她之外，江湖中好像還沒有別人能用這種惡毒的暗器。

暗器出手，不但花瓣可以飛射傷人，花瓣中還藏著致命的毒針。

她身上一共只帶著十三朵天女花，因爲她根本不需要帶得太多。

這種暗器她一共用過三次，每次只用了一朵。一朵已足夠要人的命。

現在她竟將十三朵全都擊出，然後她的人就立刻飛掠後退。這一擊縱然不中，她至少也總可以全身而退。她對自己的輕功一向很有信心。

只可惜這時刀已出鞘！

二十 劊子手

一

刀光一閃，鮮血飛濺。

她看見了這一閃刀光，她甚至還看見了飛濺出的血珠。

血珠竟像是從她兩眼之間濺出去的。她看見這些血珠，就好像一個人看見了自己的鬼魂，就好像看見了自己的一雙腿已脫離了軀體，反而踢了自己一腳。

她甚至覺得自己的左眼彷彿已能看見自己的右眼。

有誰能了解她這種感覺？

沒有人。只有活人才能了解別人的感覺，死人的頭顱卻絕不會，因爲已經被劈成兩半。頭顱已被砍成兩半的人，本來應該什麼都看不見的，莫非刀太快，刀鋒砍下時，視覺仍沒有死，還可以看見這一刹那間發生的事？

這最後的一刹那。

一刹那究竟有多久？

一彈指間就已是六十剎那。奇怪的是，人們在臨死前的最後一剎那，竟能想到很多平時一天一夜都想不完的事。

現在她想起了什麼也沒有人知道，她自己當然也永遠不會說出來了。

二

倪平，三十三歲。

「藏珍閣主」倪寶峰次男，使長劍，江湖後起一輩劍客中頗負盛名之快劍。

獨身未娶。

倪家大園潰散後，常宿於名妓白如玉之玉香院。

四月十九，傅紅雪殺倪平。

倪慧，二十歲。

「藏珍閣主」次女，聰慧機敏，輕功極高，獨門暗器天女花歹毒霸道，曾殺三人。

獨身未嫁。

四月十九夜，傅紅雪殺倪慧。

多情子，三十五歲。

本姓胡，身世不明，幼年時投入西方星宿海門下，少年時武功已有大成，所練「天絕地滅大搜魂手」爲武林中七大秘技之一，殺人無數。

獨身未娶。

三月入關，姦殺婦女六人。

四月十九夜，傅紅雪殺多情子。

羅嘯虎，四十歲。

縱橫河西之獨行盜，使刀，極自負，自命爲江湖第一快刀。

獨身未娶。

四月廿一，傅紅雪殺羅嘯虎。

楊無律，四十四歲。

「白雲觀主」楊無忌之堂弟，崑崙門下，「飛龍十八式」造詣頗高，氣量偏狹，含眦必報，頗有楊無忌「殺人無忌」之風。

少年出家，未娶。

四月廿二，傅紅雪殺楊無律。

陰入地，三十歲。

金入木，三十三歲。

兩人聯手，殺人無算，號稱「五行雙殺」，武功極詭秘。

兩人性情刻薄，一毛不拔，近年已成鉅富。

陰入地好色。

金入木天閹。

四月廿三，傅紅雪殺陰入地，金入木。

諸葛斷，五十歲。

關西「羅一刀」衣鉢傳人，冷酷多疑，好殺人。

鰥居已久。

本曾娶妻三次，妻子三人都死於他自己刀下。

無子女。

四月廿四，傅紅雪殺諸葛斷。

一枝花千里香，二十九歲。

採花盜，擅輕功迷藥。

獨身未娶。

四月廿五，傅紅雪殺千里香。

厚厚的卷宗中還有一大疊資料，是站在他對面的兩個人從各地找來的。

他只翻了這幾頁，就沒有再看下去。

站著的兩人一個是青衣白襪的顧棋，另一人穿著件一塵不染的月白僧衣，卻是天龍古寺中的瘋和尚。

現在他看來一點都不瘋了。

他對他們的態度很溫和，他們對他卻很恭謹，就像是忠心的臣子對待君主。

他們雖然就站在他對面，中間卻隔著很大很寬的一張桌子。

無論在何時何地，他都永遠和別人保持著一段適當的距離。

他的笑容雖可親，卻從來也沒有人敢冒瀆他；因爲他就是當今武林中最富傳奇的人物。

他就是公子羽。

屋子裡精雅幽靜，每一樣東西都經過極仔細的選擇，擺在最適當的地方。桌上的東西卻不多，除了那疊卷宗外，就只有一柄用黃綾包著的長劍。

窗外花影移動，聽不見人聲，屋裡也只有他們三個人。

他不說話的時候，他們連呼吸的聲音都不敢太大，他們都知道公子喜歡安靜。

公子羽終於嘆了口氣，道：「你們爲什麼總是要我看這些東西？」

他用兩根手指，輕輕將卷宗推還給他們，彷彿生怕沾著了上面的血腥和殺氣。

卷宗闔起。

然後他才接著道：「你們爲什麼不直接告訴我，這些日子來，他一共殺了多少人？」

吳畫看看顧棋。

顧棋道：「二十三個。」

公子羽皺了皺眉，道：「十七天二十三個人？」

顧棋道：「是。」

公子羽嘆了口氣，道：「他殺的人是不是已太多了些？」

顧棋道：「是太多了。」

公子羽道：「聽說你的棋友楊無忌也被他砍斷了一隻手？」

顧棋道：「是。」

公子羽笑了笑，道：「幸好用左手也一樣可以下棋。」

顧棋道：「是。但他也終於死在傅紅雪的刀下。」

公子羽道：「楊無律是想爲他的堂哥報仇，才去找傅紅雪的？」

顧棋道：「是。」

公子羽道：「羅嘯虎當然是爲了好強爭勝，要跟他比一比誰的刀快？」

顧棋道：「是。」

公子羽道：「諸葛斷爲什麼要將他三個妻子全都殺死？」

顧棋道：「因爲她們對別的男人笑了笑。」

公子羽道：「這兩人一個全無自知之明，一個太多疑，這種人成事不足，敗事有餘，你們以後千萬不可吸收這種人加入我們的組織。」

顧棋、吳畫同時道：「是。」

公子羽顏色又和緩了，道：「但是我知道他們的刀法卻不弱。」

顧棋道：「是。」

公子羽道：「星宿海的大搜魂手，也可以算是很厲害的功夫。」

顧棋道：「是。」

公子羽道：「據說傅紅雪近來一直很消沉，幾乎天天都沉迷在醉鄉裡。」

顧棋道：「是。」

公子羽道：「可是你找的這些好手們，卻還是連他的一刀都擋不住。」

顧棋不敢再開口，連一個「是」字都不敢說了。

公子羽卻在等著回答。他提出的問題，回答必須明確簡短，可是必須要有回答。沒有回答，就表示他的問題不值得重視。

任何不重視他的人，保證都會得到適當的懲罰。

顧棋終於道：「他喝得雖多，手卻還是很穩。」

公子羽道：「酒對他沒有影響？」

顧棋道：「有一點。」

公子羽道：「什麼影響？」

顧棋道：「他出手反而更兇狠殘酷。」

公子羽沉吟著，緩緩道：「我想他一定很憤怒，所以他的刀更可怕。」

顧棋沒有問爲什麼。在公子面前，他只回答，不問。

公子羽卻已接著道：「因爲憤怒也是種力量，一種可以推動人做很多事的力量。」

顧棋看著他，充滿了佩服和尊敬。

——他從不輕視他的敵人。他的分析和判斷永遠正確。他對敵人的了解，也許比那個人自己更深刻。

所以他成功了，他的成功，絕不是因爲幸運。

公子羽忽又問道：「他還是要等別人先出手再拔刀？」

顧棋道：「是。」

公子羽嘆了口氣，道：「這一點才是最可怕的，能後發制人的，絕對比先發制人更可怕。」

顧棋道：「是。」

公子羽道：「你知道爲什麼？」

顧棋道：「因爲一招擊出，將發未發時，力量最軟弱，他的刀就在這一瞬間切斷了對方的命脈。」

公子羽道：「別人能不能做到？」

顧棋道：「不能。」

公子羽道：「爲什麼？」

顧棋道：「這一瞬稍縱即逝，除了他之外，很少有人能抓得住。」

公子羽微笑：「看來你的武功又有精進了。」

顧棋道：「略有一點。」

他不敢謙虛，他說的是實話。在公子面前，無論誰都必須說實話。

公子羽笑容歡悅，道：「你想不想去試試他的刀有多快？」

顧棋道：「不想。」

公子羽道：「你自知不是他對手？」

顧棋道：「據我所知，天下只有兩個人能制住他。」

公子羽道：「其中有一個是葉開？」

顧棋道：「是。」

公子羽道：「還有一個是我？」

顧棋道：「是。」

公子羽慢慢的站起，走到窗前，推開了窗戶，滿園花香撲面而來。他靜靜的站著，不動，也不開口。

顧棋、吳畫更不敢動。

顧棋仍然不敢問。

過了很久很久，他才緩緩道：「有件事你們只怕還不知道。」

公子羽道：「我不喜歡殺人，我這一生中，從未親手殺過人。」

顧棋並不驚奇。有些人殺人是用不著自己動手的。

公子羽道：「沒有人能制得住他，我最多也只能殺了他。」

——因為他的人就像是一把刀，鋼刀，你可以折斷他，卻絕不能使他彎曲。

公子羽道：「可是我現在還不想破例殺人。」

——因為他還有顧忌。他仁義無雙的俠名，並不是容易得來的，所以他不能殺人，更不能殺傅紅雪。

因為傅紅雪並不是個大家都認為該殺的人。

公子羽道：「所以我現在只有讓他去殺人，殺得愈多愈好。」

——讓他殺到何時為止？殺到大家都想殺他的時候為止，殺到他瘋狂時為止。

公子羽道：「所以我們現在還可再給他點刺激，讓他再多殺些人。」

他回過頭，看著他們：「我們甚至還可以給些人讓他殺。」

顧棋道：「我去安排。」

公子羽道：「你準備安排些什麼人讓他殺？」

顧棋道：「第一個是蕭四無。」

公子羽道：「爲什麼要選中這個人？」

顧棋道：「因爲這人已變了。」

公子羽道：「我想你一定還可以安排些更有趣的人讓他殺的。」

他微笑著，慢慢的接著道：「現在我已想到最有趣的一個。」

花香滿園。

公子羽背負著雙手，徜徉在花叢中。他的心情很好，他相信他的屬下一定可以完成他交代的任務，殺人的任務。

可是他自己卻不殺人的。從來都不殺。

四

靜夜，夜深。

傅紅雪不能睡。不睡雖然痛苦，睡了更痛苦。

——一個人睡在冰冷堅硬的木板床，屋裡充滿了廉價客棧中那種獨有的低賤卑俗的臭氣，眼睜睜的看著破舊齷齪的屋頂，翻來覆去的想著那些不該想的往事。

——沒有根的浪子們，你們的悲哀和痛苦，有誰能了解？

他寧可一個人遊魂般在黑暗中遊蕩。

有的窗戶裡還有燈光。

窗戶裡的人還在幹什麼？爲什麼還不睡？是不是夫妻兩個人在歡愉後的疲倦中醒來，正用晚飯時剩下的菜煮泡飯吃？是不是孩子們在半夜醒了，父母們只好燃起燈替他換尿布？

這種生活雖然單調平凡，其中的樂趣，卻是傅紅雪這種人永遠享受不到的。聽到了孩子的哭聲，他的心又開始刺痛。

他又想喝酒。

酒雖然不能解除任何痛苦，至少總可以使人暫時忘記。

前面的暗巷中，有一盞昏燈搖曳。

一個疲倦的老人，正在昏燈下默默的喝著悶酒。

他擺這麵攤已有三十五年。每天很早就要開始忙碌，買最便宜的肉骨頭熬湯，鹵一點大家都可以吃得起的下酒菜，從黃昏時就開始擺攤子，直到凌晨。

這三十五年來，他的生活幾乎沒有變動過。他唯一的樂趣，就是等到夜深人靜，客人最少的時候，自己喝一點酒。只有在喝了一點酒之後，他才能進入一個完全屬於他自己的世界。一個和平美麗的世界，一個絕沒有人會吃人的世界。雖然這世界只有在幻想中存在，他卻已覺得很不錯了。一個人只要還能保留一點幻想，就已很不錯。

傅紅雪到了昏燈下。

「給我兩斤酒。」

只要能醉，隨便什麼酒都無妨。

麵攤旁只有兩三張破舊的木桌，他坐下來才發現自己並不是唯一的客人，還有個身材很魁偉的大漢，本來正在用大碗吃麵，大碗喝酒，此刻卻停了下來，吃驚的看著傅紅雪。

他認得這個臉色蒼白的「病鬼」，他曾經吃過這病鬼的苦頭，在那個戴茉莉花的女人的小屋裡。

仗著幾分酒意，他居然走了過來，陪著笑道：「想不到你也喜歡喝酒，這麼晚了，一個人出來喝酒的人，酒量一定不錯。」

傅紅雪不理他。

大漢道：「我知道你討厭我，可是我佩服你，你看來雖然是個病鬼，其實卻是條好漢。」

傅紅雪還是不理他。他臉皮再厚，也不能不走了，誰知傅紅雪卻忽然道：「坐！」

一個人就算久已習慣了孤獨和寂寞，但有時還是會覺得很難忍受，他忽然希望能有個人陪在他身旁，不管什麼樣的人都好，愈粗俗無知的人愈好，因爲這種人不能接觸到他內心深處的痛苦。

大漢卻喜出望外，立刻坐下來，大聲叫酒：「再切一條豬尾巴，兩個鴨頭。」

他又笑道：「只可惜鴨頭是早已被人砍下來的，讓我來砍，一定更乾淨俐落。」

賣麵的老人也有了幾分酒意，用眼睛橫著他，道：「你常砍鴨頭？」

大漢道：「鴨頭、人頭我都常砍。」

他拍著胸脯：「不是我吹牛，砍頭的本事，附近幾百里地內只怕要數我第一。」

老人道：「你是幹什麼的？」

大漢道：「我是個劊子手，本府十三縣裡，第一號劊子手，有人要請我砍他的頭，少說也得送我個百兒八十兩的。」

老人道：「你要砍人家的腦袋，人家還要送銀子給你？」

大漢道：「送少了我都不幹。」

老人道：「你憑什麼？」

大漢伸出巨大的手掌，道：「就憑我這雙手，和我那把份量特別加重的鬼頭刀。」

他比了個砍人的手勢：「我一刀砍下去，被砍的人有時候甚至還不知道自己的腦袋已掉了。」

老人道：「伸頭也是一刀，縮頭也是一刀，人家憑什麼要送銀子給你？」

大漢道：「因爲長痛不如短痛，由我來砍，至少還能落個痛快。」

老人道：「別人難道就沒法子一刀把腦袋砍下來麼？」

大漢道：「你還記不記得上次跟我一起來的那小伙子？」

老人道：「他怎麼樣？」

大漢道：「他也是個劊子手，爲了要幹這行，用西瓜當靶子，練了好幾年，自己就覺得很有把握了，來的時候根本就沒把我看在眼裡。」

老人道：「後來呢？」

大漢道：「等到他第一次上法場的時候，他就知道不對了。」

老人道：「有什麼不對？」

大漢道：「法場上的威風和殺氣，只怕你連做夢都想不到，一上了法場他兩條腿就發軟，砍了十七八刀，那犯人的腦袋還連在脖子上，痛得滿地打滾，像殺豬般慘叫。」

他嘆著氣，又道：「你想想，一個人被砍了十七八刀還沒斷氣，那是什麼滋味？」

老人的臉也已發白，道：「由你來砍，就只要一刀？」

大漢道：「保證只要一刀，又乾淨，又痛快。」

老人道：「砍腦袋難道還有什麼學問？」

大漢道：「這其中的學問可真大極了。」

老人忍不住把自己的酒也搬了過來，坐在旁邊，道：「你說來聽聽。」

大漢道：「那不但要眼明手快，還得先摸清楚被砍的是個什麼樣的人。」

老人道：「爲什麼？」

大漢道：「因爲有的人天生膽子大，挨刀的時候，腰桿還是挺得筆直，脖子也不會縮進去，砍這種人的腦袋最容易。」

有了聽眾，他說得更高興：「可是有些人一上了法場，骨頭就酥了，褲襠裡又是屎，又是尿，連拉都拉不起來。」

老人道：「他爬在地上，難道你就砍不下他的腦袋？」

大漢道：「砍不下。」

老人道：「爲什麼？」

大漢道：「因爲頸子後面的骨頭很硬，一定要先找出骨節眼上的那條線，才能一刀砍下他的腦袋。」

他接著道：「我若知道挨刀的犯人是個孬種，我就得先準備好。」

老人道：「準備好什麼？」

大漢道：「通常我總會先灌他幾杯酒，壯壯他的膽子，可是真把他灌醉了也不行，所以我還得先打聽出他的酒量有多大。」

老人道：「然後呢？」

大漢道：「上了法場後，他若還不敢伸脖子，我就在他腰眼上踢一腳，他一伸腦袋，我就手起刀落，還得儘快拿出那個我早就準備好的饅頭來。」

老人道：「要饅頭幹什麼？」

大漢道：「他腦袋一落，我就得把饅頭塞進他的脖子裡去。」

老人道：「爲什麼？」

大漢道：「因爲我不能讓脖子裡噴出來的血濺到我身上，饅頭的大小剛好又能吸血，等到法場的人散了，那饅頭還是熱的，我就乘熱把它吃了下去。」

老人皺眉道：「爲什麼要吃那饅頭？」

大漢道：「因爲吃了能壯膽。」

他喝了杯酒，又笑道：「幹我們這行的，人殺得太多了也會變得膽寒的，開始時只不過晚上睡不著，後來說不定就會發瘋。」

老人道：「是真瘋？」

大漢道：「我師父就瘋了，他只幹了二十年劊子手就瘋了，總說有冤魂要找他索命，要砍他的腦袋。有一天，他竟將自己的腦裝塞進火爐裡去了。」

老人看著他，忽然嘆了口氣，道：「今天你喝的酒我請客。」

大漢道：「爲什麼？」

老人道：「因爲你賺這種錢實在不容易，將來你一定也會發瘋的。」

大漢大笑：「你要請客，我不喝也是白不喝，可是我絕不會瘋。」

老人道：「爲什麼？」

大漢道：「因爲我喜歡幹這行。」

老人皺眉道：「你真的喜歡？」

大漢笑道：「別的人殺人要犯法，我殺人卻有錢拿，這麼好的事，你想能到哪裡去找？」

他忽然轉頭去問傅紅雪：「你呢？你是幹哪一行？」

傅紅雪沒有回答。他的胃又在收縮，彷彿又將嘔吐。

黑暗中卻忽然有人冷冷道：「他跟你一樣，他也是個劊子手。」

五

長夜已將盡。

黎明之前，總是一夜中最黑暗的時候，這人就站在最黑暗處。

大漢吃了一驚：「你說他也是個劊子手？」

黑暗中的人影點點頭，道：「只不過他還比不上你。」

大漢道：「哪點比不上我？」

黑暗中的人影道：「對你來說，殺人不但是件很輕鬆的事，而且也是件很愉快的事。」

大漢道：「他呢？」

黑暗中的人影道：「他殺人卻很痛苦，現在他晚上就已睡不著。」

——開始的時候晚上睡不著，後來就會發瘋。

大漢道：「他已殺過不少人？」

黑暗中的人影道：「以前的不算，這十七天他已殺了二十三個。」

大漢道：「他殺人有沒有錢拿？」

黑暗中的人影道：「沒有。」

大漢道：「又沒有錢拿，又痛苦，他還要殺人？」

黑暗中的人影道：「是的。」

大漢道：「以後他還要繼續殺？」

黑暗中的人影道：「不但以後要殺，現在就要殺。」

大漢立刻緊張，道：「現在他要殺誰？」

黑暗中的人影道：「殺我！」

廿一 大師與琴僮

一

大地更黑暗，這人慢慢的從黑暗中走出來，走入燈火中。

他的臉色也是蒼白的，幾乎就像傅紅雪一樣，白得透明，白得可怕。

他的眼睛很亮，卻帶著種說不出的空虛憂鬱。

大漢吃驚的看著他，忍不住問：「你知道他要殺你，你還要來？」

這人道：「我非來不可。」

大漢道：「爲什麼？」

這人道：「因爲我也要殺他。」

大漢道：「也非殺不可？」

這人點點頭，道：「每個人一生中多少都要做幾件他不願做的事，因爲他根本沒有選擇的餘地。」

大漢看著他，又看看傅紅雪，顯得既驚訝，又迷惑，這種事本就是他這種人永遠不會懂的。可是他已感覺到一股殺氣，這小小麵攤前的方寸之地，就像是突然變成了殺人的刑場，甚至比刑場上的殺氣更強烈，更可怕。

從黑暗中走出來的人目光轉向傅紅雪，眼色更憂鬱。

無情的人本不該有這種憂鬱。

蕭四無本是個無情的人。

他忽然嘆了口氣，道：「你應該知道我本來並不想來的。」

傅紅雪依舊沉默。他彷彿早已醉了，早已麻木，甚至連他握刀的手都已失了昔日那種磐石般的穩定，可是他手裡仍然握著刀，他的刀並沒有變。

蕭四無看著他的刀，道：「我相信遲早總有一天能破你的刀。」

傅紅雪早已說過：「我等著你。」

蕭四無道：「我本來也想等到那一天再來找你。」

傅紅雪忽然道：「那麼你現在就不該來的。」

蕭四無道：「可是我已來了。」

傅紅雪道：「明知不該來，爲什麼要來？」

蕭四無居然笑了笑，笑容中充滿譏誚：「你難道沒有做過明知不該做的事？」

傅紅雪閉上了嘴。

他做過。

——有些事你明知不該做，卻偏偏非要去做不可，連自己都無法控制自己。

——這些事的本身就彷彿有種不可抗拒的誘惑力。

——另外還有些不該做的事你去做了，卻只不過因爲被環境所逼，連逃避都無法逃避。

蕭四無道：「我已找過你三次，我都要殺你，三次你都放了我。」

傅紅雪再次沉默。

蕭四無道：「我知道你一直都不想殺我。」

傅紅雪忽又問道：「你也知道我爲什麼不想殺你？」

蕭四無道：「因爲你已很久未遇對手，你也想等到那一天，看我是不是能破得了你的刀？」

傅紅雪承認。

縱橫無敵，並不是別人想像中那麼愉快的事，一個人到了沒有對手時，甚至比沒有朋友更寂寞。

蕭四無道：「可是我知道現在你已不會再等了，這一次你一定會殺了我的。」

傅紅雪道：「爲什麼？」

蕭四無道：「因爲你已無法控制自己。」

他的眼睛空空洞洞，看來就像是個死人，可是他的笑容中卻還是充滿譏誚：「因爲你已不是昔日的那個傅紅雪了。」

——現在你已只不過是個劊子手。

這句話他沒有說出來，他的刀已飛出去，迅速，準確，致命！

他雖然明知這一刀必定會被傅紅雪所破，但是他出手時，仍然使出全力。

因爲他「誠」，至少對他的刀「誠」。

這「誠」字的意義，就是一種敬業的精確，鍥而不捨的精神，不到已完全絕望時絕不放棄最後一次機會，絕不放棄最後一分努力。

能做到這一點並不容易。

無論誰只要能做到這一點，無論做什麼事都必定會成功的。只可惜他已不再有機會了，因爲他走的是條不該走的路。

因爲傅紅雪已拔刀！

刀光一閃，頭顱落地。

鮮血霧一般迷漫在昏黃的燈光下。

燈光紅了，人的臉卻青了。

那大漢全身的血液都似已凍結，連呼吸都似已停頓。

他也用刀，他也殺人，可是現在他看見了傅紅雪這一刀，才知道自己用的根本不能算是刀。

他甚至覺得自己以前根本就不能算殺過人。

燈光又昏黃！

他抬起頭忽然發覺傅紅雪已不在燈光下。

燈光照不到的地方，仍是一片黑暗。

二

「我本來的確可以不殺他，爲什麼還是殺了他？」

傅紅雪看著手裡的刀，忽然明白蕭四無爲什麼要來了！

——因爲他知道傅紅雪已無法控制自己，他認爲他已有擊敗傅紅雪的機會。

——他急著要試試，所以他已沒法子再等到那一天。

——等待畢竟是件很痛苦的事，他畢竟還很年輕。

傅紅雪的判斷並沒有錯，他自己也知道自己沒有錯。

錯的是誰？

不管錯的是誰，他心裡的壓力和負擔都已無法減輕，因爲他殺的人本是他以前絕不會殺的。

「難道我真的已無法控制自己？」

「難道我真的已變成了個劊子手？」

「難道我遲早也總有一天會發瘋？」

三

寬大的桌上一塵不染，寬大的屋子裡也沒有一點聲音，因爲公子羽正在沉思。

「蕭四無已去了？」剛才他在問。

「是。」

「你們用什麼法子要他去的？」

「我們讓他以爲自己有了殺傅紅雪的機會。」

「結果呢？」

「結果傅紅雪殺了他。」

「也是他先出手的？」

「是。」

現在公子羽沉思著，思索的對象當然是傅紅雪，也只有傅紅雪值得他思索。

除了傅紅雪外，現在幾乎已全無任何人能引起他的興趣。

窗外暮色已深，花香在晚風中默默流動，他忽然笑了笑：「他還是在殺人，還是一刀就能致命，可是他已經快完了。」

他又問：「你知不知他爲什麼快完了？」

他看著的並不是在他面前的顧棋，而是站在他後面的一個人。

沒有人會注意到這個人，因爲他實在太沉默，太安靜，太平凡，就像是公子羽的影子。

沒有人會去注意一個影子的，可是公子羽這句話並不是在問顧棋，而是在問他。

難道顧棋不能解釋的事，他反而能解釋？難道他知道的比顧棋還多？

「一個人若是到了已經快完了的時候，一定會有缺口露出來。」

「缺口？」

「就像是堤防崩潰時的那種缺口。」他用的詞句雖奇特，卻精簡正確。

「傅紅雪已有了缺口？」公子羽再問。

「他本不想殺蕭四無，他已放過蕭四無三次，這次卻已無法控制自己。」

「這就是他的缺口？」

「是的。」

公子羽笑得更愉快：「現在我們是不是已不必再送人給他去殺？」

「還可以再送一個。」

「誰？」

「他自己。」

影子用的詞句更奇特：「天下本就只有他自己能殺傅紅雪，也只有傅紅雪能殺他自己。」

四

什麼事比殺人更殘酷？

逼人自殺比殺人更殘酷，因爲，其間經歷的過程更長，更痛苦。

長夜，長得可怕。

長夜已將盡。

傅紅雪停下來，看著乳白色的晨霧在竹籬花樹間升起。

這漫長的一夜，他總算熬了過去。他還能熬多久？

疲倦，飢渴，頭疼如裂，嘴唇也乾得發裂，他根本不知道自己此刻是在什麼地方？更不知道這是誰家的竹籬？誰家的花樹？

他已走得太久，他在這裡停下來，只不過因爲這裡有琴聲。

空靈的琴聲，就彷彿是和晨霧同時從虛無縹緲間散出來的。

他並不想在這裡停下來，也不知道自己怎麼會停了下來。

縹緲的琴聲，又像是遠方親人的呼喚。

他沒有親人，可是他聽見這琴聲，心靈立刻就起了種奇妙的感應，然後他整個人都似已與琴聲溶爲一體，殺人流血的事，忽然間都已變得很遙遠。

自從他殺了倪家兄妹後，這是他第一次覺得完全鬆弛。

突聽「錚」的一響，琴聲斷絕，小園中卻傳出了人聲：「想不到門外竟有知音，爲何不進來小坐？」

傅紅雪想都沒有想，就推開柴扉，走了進去。

小園中花樹扶疏，有精舍三五，一個白髮蒼蒼的布衣老人，已在長揖迎賓。

傅紅雪居然以長揖答禮，道：「不速之客，怎敢勞動老丈親自相迎？」

老人微笑道：「貴客易得，知音難求，若不親自相迎，豈非不恭不敬的人，又怎能學琴？」

傅紅雪道：「是。」

老人道：「請。」

雅室中高榻低几，几上一琴。

形式古雅的琴，看來至少已是千載以上的古物，琴尾卻被燒焦了一處。

傅紅雪動容道：「莫非這就是古老相傳的天下第一名琴『焦尾』？」

老人微笑道：「閣下好眼力。」

傅紅雪道：「那麼老丈就是鍾大師？」

老人道：「老朽正是姓鍾。」

傅紅雪再次長揖。這是他第一次對人如此尊敬，他尊敬的並不是這個人，而是他天下無雙的琴藝；高尚獨特的藝術，高尚獨立的人格，都同樣應該受到尊敬。

木榻上一塵不染，鍾大師脫履上榻，盤膝而坐，道：「你也坐。」

傅紅雪沒有坐。他身上的污垢血腥，也有很久很久未曾洗滌。

鍾大師道：「老朽這斗室中雖然只有一琴一几，能進來的人卻不多。」

他凝視著傅紅雪：「你知不知道我爲什麼請你進來？」

傅紅雪搖頭。

鍾大師道：「因爲我看得出你的衣衫雖不整，一心卻如明鏡，你自己又何必自慚形穢？」

傅紅雪也坐下。

鍾大師微笑，手撫琴弦，「錚鏦」一聲，空靈的琴聲，立刻又佔據了傅紅雪的心靈。

他手裡還是緊握著他的刀，可是他忽然覺得這柄刀是多餘的，這也是他第一次有這種感覺，琴聲彷彿已將他領入了另一種天地，那裡沒有刀，也沒有戾氣。

——人爲什麼要殺人？不但自己殺人，還要逼著別人去殺人？

傅紅雪握刀的手已漸漸放鬆了。他本來的確已接近崩潰，可是在這琴聲中，他已得到解脫。

聲音雖遙遠，入耳卻清晰。就在這時，遠處忽然也傳來「錚鏦」一聲，彷彿也是琴聲。

鍾大師撫琴的手忽然一震，「格」的一響，五弦俱斷。

傅紅雪的臉色也變了。天地間忽然變得一片死寂，鍾大師動也不動的坐在那裡，神情沮喪，若有所失，看來竟似忽然老了十歲。

傅紅雪忍不住問：「大師莫非聽出了什麼兇兆？」

鍾大師不聞不問，遠方又有琴聲一響，他額頭竟有冷汗滾滾而下，等到琴聲再響時，這高雅沉靜的老人，竟忽然從榻上一躍而起，只穿著一雙白襪，就衝了出去。

一陣風從門外吹來，琴上的斷弦迎風而舞，就像是這古琴的精靈已復活，也想跟著他出去，看一看遠處是誰在撥琴？

傅紅雪也跟了出去。

琴弦斷了，人老了，就連這小園中的花樹，彷彿也在這一瞬間變得憔悴了。

這究竟爲了什麼？

五

長巷盡頭，是條長街，長街盡頭，是個市場。

現在正是早市的時候，市場中擁滿了各式各樣的人，充滿了各式各樣的聲音。

人都是俗人，聲音也是俗聲，這不俗的鍾大師，到這裡找尋什麼？他足上一雙點塵不染的白襪已沾滿泥垢，呆呆的站在那裡東張西望，就像個失落了錢袋的小家主婦。

聞名天下的琴聖，怎麼會變成這樣子？

傅紅雪本不是多話的人，此刻卻忍不住問：「大師究竟要找什麼？」

鍾大師沉默著，臉上帶著種奇怪的表情，很久才回答：「我要找一個人，我一定要找到這個人。」

傅紅雪道：「什麼人？」

鍾大師道：「一位絕世無雙的高人。」

傅紅雪道：「他高在何處？」

鍾大師道：「琴。」

傅紅雪道：「他的琴比大師更高？」

鍾大師長長嘆息，黯然道：「他的弦聲一響，已足令我終生不敢言琴。」

傅紅雪又不禁動容：「大師已經知道這個人在哪裡？」

鍾大師道：「琴聲自此處傳出，他的人想必也在這裡。」

傅紅雪道：「這裡只不過是個市場。」

鍾大師嘆息道：「就因爲這裡是市場，才能顯出他的高絕。」

傅紅雪道：「爲什麼？」

鍾大師目光遙視遠方，若有所失，又若有所得：「因爲他的人雖在凡俗之中，一心卻遠在白雲之外，凡俗中的萬事萬物都已不足影響他的心如止水。」

傅紅雪沉默，慢慢的抬起頭，忽又大聲道：「大師說的莫非就是他？」

市場中有個肉案。

無論什麼樣的市場中，都有肉案的。

有肉案就有屠夫。

無論什麼地方的屠夫都會顯得有點自命不凡，總覺得自己比別的攤販高貴。

因爲他能殺戮，因爲他不怕流血。

這屠夫正在切肉，肉案旁還有個很高大的砧板，砧板下斜倚著一個人。

一個懶懶散散的白衣人。

地上又濕又髒，有很多主婦都是穿著釘鞋來買菜的，這個人卻不在乎，就這麼樣懶懶散散的坐在泥地上。他膝上竟有一張琴。

他彷彿在撫琴，琴弦卻未響。

鍾大師已走過去，恭恭敬敬的站在他面前，身揖到地。

這個人卻在看著自己的手，連頭都沒有抬。

鍾大師神情更恭敬，居然自稱弟子：「弟子鍾離。」

白衣人淡淡道：「莫非是琴中之聖鍾大師。」

鍾大師額上忽又冒出冷汗，囁嚅著道：「君子琴弦一動，已妙絕天下，爲何不復再奏？」

白衣人道：「我怕。」

鍾大師愕然，道：「怕？怕什麼？」

白衣人道：「我怕你一頭撞死在你那焦尾琴上。」

鍾大師垂下頭，汗落如雨，卻還是忍不住要問：「君子來自遠方？」

白衣人道：「來自遠方，卻不知去處。」

鍾大師道：「不敢請教高姓大名。」

白衣人道：「你也不必請教，我只不過是個琴僮而已。」

琴僮？像這樣的人會做別人的琴僮？誰配有這樣的琴僮？

鍾大師不能相信，這種事實在令他無法想像，他又忍不住要問道：「以君子之高才，爲什麼要屈居人下？」

白衣人淡淡道：「因爲我本來就不如他。」

傅紅雪忽然問：「他是誰？」

白衣人笑了笑，道：「我既然知道你是誰，你也應該知道他是誰的。」

傅紅雪的手又握緊他的刀：「公子羽？」

白衣人笑道：「你果然知道。」

傅紅雪忽然閃電般出手，抓住了他的手，誰知鍾大師竟撲過來，用力抱住了傅紅雪的臂，大聲道：「你千萬不能傷了這雙手，這是天下無雙的國手。」

白衣人大笑，揮刀剁肉的屠夫，忽然一刀向傅紅雪頭頂砍下。

肉案旁的一個菜販，也用秤桿當做了點穴鐝，急點傅紅雪「期門」、「將台」、「玄樣」三處大穴。

提著籃子買菜的主婦，也將手裡的菜籃子向傅紅雪頭上罩了下去。

後面一個小販用扁擔挑著兩籠雞走過，竟抽出了扁擔，橫掃傅紅雪的腰。

忽然間，刀光一閃，「咔嚓」一響，扁擔斷了，菜籃碎了，一桿秤劈成兩半，一把剁肉刀斜斜飛了出去，刀柄上還帶著隻血淋淋的手。

籠中的雞鴨飛出來，市場中亂得就像一鍋剛煮沸的熱粥。

砧板下的白衣人卻已蹤影不見。

人群湧過來，屠夫、菜販、主婦、賣雞的，都已消失在人叢中，琴聲卻又在遠處響起。

傅紅雪分開人叢走出去，人叢外還是人，卻看不見他要找的人，可是他又聽見了琴聲。

琴聲是從哪裡傳來的，他就往哪裡走，他走得並不快，這虛無縹緲的琴聲，任何人都無法捕捉，走得快又有什麼用？

他也不放棄。只要前面還有琴聲，他就往前面走，鍾大師居然在後面跟著，雪白的襪子已破了，甚至連雙腳底都走破了，也不知走了多久。

日色漸高，他們早已走出了市場，走出了城鎮，暮春的微風，吹動著田野中的綠苗，遠處山巒起伏，大地溫柔得就像是處女的胸脯，他們走入了「她」的懷抱中。

四面青山，一曲流水，琴聲彷彿就在山深水盡處。

青山已深，流水已靜，小小的湖泊旁，有個小小的木屋。

木屋中有一琴一几，卻沒有人。

琴弦上彷彿還有餘韻，琴台下壓著張短箋：

「刀缺琴斷，月落花凋，

公子如龍，翱翔九天。」

六

空山寂寂。

鍾大師面對著遠山，沉默了很久很久，才緩緩道：「這裡真是個好地方，能不走的人，就不必走了，不能走的人，又何必走？」

傅紅雪遠遠的看著他，等著他說下去。

鍾大師又沉默了很久：「我已不準備走。」

傅紅雪道：「是不想走？還是不能走？」

鍾大師沒有回答，卻回過頭，面對著他，反問道：「你看我已有多大年紀？」

他滿頭白髮，臉上已刻滿了因心力交瘁而生的痛苦痕跡，看來疲倦而衰老，比傅紅雪初見他時彷彿又老了許多。

他自己回答了自己問的話：「我少年就已成名，今年才不過三十五六。」

傅紅雪看著他的倦容和白髮，雖然沒有說什麼，卻也不禁顯得很驚訝。

鍾大師笑了笑，道：「我知道我看來一定已是個老人，多年前我就已有了白髮。」

他笑容中充滿苦澀：「因爲我的心血已耗盡，我雖然在那琴上贏得了別人夢想不到的安慰和榮譽，那張琴也吸盡了我的精髓骨血。」

傅紅雪明白他的意思，一人倘若已完全沉迷在一樣事裡，就好像已和魔鬼做了件交易似的。

——你要的我全都給你，你所有的一切也得全部給我，包括你的生命和靈魂。

鍾大師道：「這本是件公平的交易，我並沒有什麼好埋怨的，可是現在……」

他凝視著傅紅雪：「你是學刀的，你若也像我一樣，爲你的刀付出了一切，卻忽然發現別人一彈指間就可將你擊倒，你會怎麼樣？」

傅紅雪沒有回答。

鍾大師嘆了口氣，緩緩道：「這種事你當然不會懂的，對你來說，一把刀就是一把刀，並沒有什麼別的意義。」

傅紅雪想笑，大笑。他當然笑不出。

——一把刀只不過就是一把刀？又有誰知道這把刀對他的意義？他豈非也同樣和魔鬼做過了交易，豈非也同樣付出了一切。他得到的是什麼？

世上也許已沒有第二個人能比他更明白這種事，可是他沒有說出來。他的苦水已浸入他的骨血裡，連吐都吐不出。

鍾大師又笑了笑，道：「不管怎麼樣，你我既能相見，總是有緣，我還要為你再奏一曲。」

傅紅雪道：「然後呢？」

鍾大師道：「然後你若想走，就可以走了。」

傅紅雪道：「你不走？」

鍾大師道：「我？我還能到哪裡去？」

傅紅雪終於完全明白他的意思——這裡是個好地方，他已準備埋骨在這裡。對他說來，生命已不再是種榮耀，而是羞恥，他活著已全無意義。

「錚錝」一聲，琴聲又起。

窗外暮色已深了，黑暗就像是輕紗般灑下來，籠罩了山谷。

他的琴聲悲淒，彷彿一個久經離亂的白髮宮娥，正在向人訴說著人生的悲苦。

生命中縱然有歡樂，也只不過是過眼的煙雲，只有悲傷才是永恆的。

一個人的生命本就是如此短促，無論誰到頭來難免一死。

人活著究竟是爲什麼？

爲什麼要掙扎奮鬥？爲什麼要受難受苦？爲什麼不明白只有死才是永恆的安息？

然後琴聲又開始訴說著死的安詳和美麗，一種絕沒有任何人能用言語形容出的安詳和美麗，只有他的琴聲才能表達。

因爲他自己本就已沉迷在死的美夢裡。

死神的手彷彿也在幫著他撥動琴弦，勸人放棄一切，到死的夢境中去永遠安息。

在那裡，既沒有苦難，也不必再爲任何人掙扎奮鬥。

在那裡，既沒有人要去殺人，也沒有人要逼著別人去殺人。

這無疑也是任何人都不能抗拒的。

傅紅雪的手已開始顫抖，衣衫也已被冷汗濕透。生命既然如此悲苦，爲什麼一定還要活下去？

他握刀的手握得更緊。他是不是已準備拔刀？拔刀殺什麼人？

——只有他自己才能殺傅紅雪，也只有傅紅雪才能殺他自己。

琴聲更悲戚，山谷更黑暗。

沒有光明，沒有希望。

琴聲又彷彿在呼喚，他彷彿又看見了滿面笑容的燕南飛和明月心。

他們是不是已獲得安息？他們是不是在勸他也去享受那種和平美麗？傅紅雪終於拔出了他的刀！

廿二 脫出樊籠

一

刀光一閃，斬的不是人頭，是琴弦。

他爲什麼要揮刀斬斷琴弦？

鍾大師抬起頭，吃驚的看著他，不但驚訝，而且憤怒。

刀已入鞘。傅紅雪已坐下，蒼白的臉在黑暗中看來，就像是用大理石雕成的，堅強、冷酷、高貴。

鍾大師道：「就算我的琴聲不足入尊耳，可是琴弦無辜，閣下爲什麼不索性斬斷我的頭顱？」

傅紅雪道：「琴弦無辜，人也無辜，與其人亡，不如琴斷。」

鍾大師道：「我不懂？」

傅紅雪道：「你應該懂的，可是你的確有很多事都不懂。」

他冷冷的接著道：「你叫別人知道人生短促，難免一死，卻不知道死也有很多種。」

死有輕於鴻毛，也有重如泰山的，這道理鍾大師又何嘗不懂。

傅紅雪道：「一個人既然生下來，就算要死，也要死得轟轟烈烈，死得安心。」

一個人活著若不能做好自己應該做的事，又怎麼能死得安心？

生命的意義，本就在繼續不斷奮鬥，只要你懂得這一點，你的生命就不會沒有意義。人生的悲苦，本就是有待於人類自己去克服的。

「可是我活著已只有恥辱。」

「那麼你就該想法子去做一件有意義的事，去洗清你的恥辱，否則你就算死了，也同樣是種恥辱。」

死，並不能解決任何問題，只有經不起打擊的懦夫，才會用死來做解脫。

「我在這把刀上付出的，絕不比你少，可是我並沒有得到你所擁有過的那種安慰和榮耀，我所得到的只有仇視和輕蔑，在別人眼中看來，你是琴中之聖，我卻只不過是個劊子手。」

「但你卻還是要活下去？」

「只要能活下去，我就一定活下去，別人愈想要我死，我就愈想活下去。」傅紅雪道：「活著並不是恥辱，死才是！」

他蒼白的臉上發著光，看來更莊嚴，更高貴。一種幾乎已接近神的高貴。

他已不再是那滿身血污，窮愁潦倒的劊子手。他已找到了生命的真諦，從別人無法忍受的苦難和打擊中找出來的！因爲別人給他的打擊愈大，他反抗的力量也就愈大。這種反抗的力量，竟使得他終於掙脫了他自己造成的樊籠。這一點當然是公子羽絕對想不到的！

鍾大師也想不到。可是他看著傅紅雪的時候，眼色中已不再有驚訝憤怒，只有尊敬。——高貴獨立的人格，本就和高尚獨特的藝術同樣應該受人尊敬。

他忍不住問：「你是不是也想做一件有意義的事來洗清自己的恥辱？」

傅紅雪道：「我正在盡力去做。」

鍾大師道：「除了殺人外，你還做了些什麼事？」

傅紅雪道：「我至少已證明給他看，我並沒有屈服，也沒有被他擊倒。」

鍾大師道：「他是什麼人？」

傅紅雪道：「公子羽。」

鍾大師長長吐出口氣：「一個人能有那樣的琴僮，一定是個了不起的人！」

傅紅雪道：「他是的。」

鍾大師道：「但你卻想殺了他？」

傅紅雪道：「是。」

鍾大師道：「殺人也是件有意義的事？」

傅紅雪道：「如果這個人活著，別人就得受苦，受暴力欺凌，那麼我殺了他就是件有意義的事。」

鍾大師道：「你爲什麼還沒有去做這件事？」

傅紅雪道：「因爲我找不到他。」

鍾大師道：「他既然是個了不起的人，必定享有大名，你怎麼會找不到？」

傅紅雪道：「因爲他雖然名滿天下，卻很少人能見到他的真面目。」

——這也是件很奇怪的事，一個人名氣愈大，能見到他的人反而愈少。

這一點鍾大師總應該懂的，他自己也名滿天下，能見到他的人也很少。可是他並沒有說什麼，傅紅雪也不想再說什麼，該說的話，都已說盡了。

傅紅雪站起來：「我只想讓你知道，這裡雖然是個好地方，卻不是我們應該久留之處。」

所以外面雖然還是一片黑暗，他也不願再停留。只要心地光明，又何懼黑暗？他慢慢的走出去，走路的樣子雖然還是那麼笨拙奇特，腰桿卻是挺得筆直的。

鍾大師看著他的背影，忽然道：「等一等。」

傅紅雪停下。

鍾大師道：「你真的想找公子羽？」

傅紅雪點點頭。

鍾大師道：「那麼，你就該留在這裡，我走。」

傅紅雪動容道：「爲什麼？你知道他會到這裡來？」

鍾大師不回答，卻搶先走了出去。

傅紅雪道：「你怎麼會知道的？你究竟是什麼人？」

鍾大師忽然回頭笑了笑，道：「你以爲我是什麼人？」

他的笑容奇怪而神秘，他的人忽然就已消失在夜色中，與黑暗溶爲一體。

只聽他聲音從遠處傳來：「只要你耐心在這裡等，一定會找到他的。」

二

「你以爲我是什麼人？」

難道他並不是真的鍾大師？難道他才是俞琴？否則他怎麼知道公子羽的行跡消息？

傅紅雪不能確定。他也沒有見過鍾大師的真面目，更沒有見過俞琴。

公子羽是不是真的會到這裡來？他也不能確定，卻已決定留下來，這是他唯一的線索，不管怎麼樣，他都不能放棄。

夜更深了，空山裡聽不見任何聲音。絕對沒有聲音就是種可怕的聲音，一個人在這種情況下反而很難睡著。

傅紅雪已睡下。睡下並不是睡著。小屋裡沒有燃燈，除了一張琴，一張几，一張榻外，屋裡什麼都沒有。他飢餓而疲倦，他很想睡，這些年來，失眠的痛苦一直在折磨著他，能安安適適的睡一覺，對他說來已是奢求。爲什麼如此靜？爲什麼連風聲都沒有？他只有自己咳嗽幾聲，幾乎忍不住想自言自語，自己跟自己說幾句話。就在這時，他忽然聽見「錚錝」一響。

這是琴聲！琴就在榻前的几上，除了他之外，屋裡卻沒有別的人。

沒有人撥動琴弦，琴弦怎麼會響？

傅紅雪只覺得一陣寒意從背脊上升起，忍不住翻了個身，瞪著几上的琴，星光正冷清清的照著琴弦。

琴弦又響了，「宮商、宮尺、宮羽」一連串響了幾聲。

是誰在撥動琴弦？是琴中的精靈？還是空山裡的鬼魂？

傅紅雪霍然躍起，就看見後窗外有條淡淡的黑影。那是人影？還是幽靈？人在窗外，又怎麼能撥動几上的琴弦？傅紅雪冷笑：「好指力。」

窗外的黑影彷彿吃了一驚，很快的往後退。

傅紅雪更快。幾乎完全沒有任何一點準備動作，他的人已箭一般竄了出去。

窗外的人影凌空翻身，就已散入黑暗中。

空山寂寂，夜色清冷。傅紅雪再往前進，看不見人，回過頭來，卻看見了一盞燈。

燈光鬼火般閃爍，燈在窗裡，是誰在屋裡燃起了燈？

傅紅雪不再施展輕功，慢慢的走回去，燭光並沒有滅，燈就在几上。几上的琴弦卻已斷了，整整齊齊的斷了，就像是被利刃割斷的。

屋裡還是沒有人，琴台下卻又壓著張短柬：

「今夕不走，人斷如琴。」

字寫得很好，很秀氣，和剛才琴下壓著的那張短柬，顯然是出自同一人的手筆。

人在哪裡？

傅紅雪坐下來，面對著斷弦孤燈，眼睛裡忽然發出了光。只有鬼魂才能倏忽之間來去自如，他從不相信這世上真有鬼魂。世上若沒有鬼魂，這一屋中就一定有地道複壁，很可能就在榻前几下。在這方面，他並不能算是專家。可是他也懂。江湖中所有的鬼蜮伎倆，他多多少少都懂一點，「機關消息」這一類的學問雖然很複雜，要在一間小屋裡找出複壁地道來，卻並不太難。

公子羽是不是已經來了？從地道中來的？

傅紅雪閉上眼睛，屏息靜氣，讓自己的心先冷靜下來，才能有靈敏的感覺。然後他就開始找。

他找不到。

——今夕不走，人斷如琴。

——我找不到你，你總會找我的，我何妨就在這裡等著你，看你怎麼樣將我的人斷如此琴？

傅紅雪慢慢的坐下來，將燈撥亮了些，光亮總是能使人清醒振奮，睡眠總是和他無緣的。

有時他想睡卻睡不著，有時他要睡卻不能睡。

斬斷琴弦的人，隨時都可以從秘道複壁中出現，將他的人也像琴弦般斬斷！

這個人究竟是不是公子羽？公子羽究竟是個什麼樣的人？

傅紅雪手裡緊緊握著他的刀，漆黑的刀，他垂首看著自己手裡的刀，只覺得自己的人彷彿在漸漸往下沉，沉入了漆黑的刀鞘裡。他忽然睡著了。

三

夜色深沉，一燈如豆，天地間一片和平寧靜，沒有災禍，沒有血腥，也沒有聲音。

傅紅雪醒來時，還是好好的坐在椅上。他也不知道自己睡了多久，醒來後第一眼就去看他的刀。刀還在手裡，漆黑的刀鞘，在燈下閃動著微光。也許他只不過剛閉上眼打了個盹而已。他實在太疲倦，他畢竟不是鐵打的人，這種事總難免會發生的。只要他的刀仍在手，他就一無所懼。可是等他抬起頭時，他的人立刻又沉了下去，沉入了冰冷的湖底，他的人仍坐在椅子上，他的刀仍在手裡，可是這地方卻已不是荒山中那簡陋的木屋。

他第一眼看見的是幅畫，一幅四丈七尺長的橫卷，懸掛在對面的牆壁上。

這屋子當然還不止四丈七尺長，除了這幅畫外，雪白的牆壁上還掛著各式各樣的武器，其中有遠在上古銅鐵還未發現時人們用來獵獸的巨大石斧，有戰國將士沙場交鋒時用的長矛和方槊，有傳說中武聖關羽慣使的青龍偃月刀，也有江湖中極罕見的外門兵刃跨虎籃和弧形劍。

其中最多的還是刀。

單刀，雙刀，雁翎刀，鬼頭刀，金背砍山刀，戒刀，九環刀，魚鱗紫金刀……甚至還有一柄丈餘長的天王斬鬼刀。

可是最令傅紅雪觸目驚心的，卻還是一柄漆黑的刀！就跟他手裡的刀完全一樣。成千上百件兵刃，居然還沒有將牆壁掛滿，這屋子的寬闊，也就可想而知了。但是地上卻鋪著張很完整的波斯地氈，使得屋子裡顯得說不出的溫暖舒服。屋裡擺著的每一樣東西都是經過精心選擇的，傅紅雪這一生中，從來也沒有到過如此華麗高貴的地方。

現在他也不知道自己是怎麼來的？這不是夢，卻遠比最荒唐離奇的夢更荒唐離奇得多。他握刀的手已冰冷，刀柄已被他掌心的冷汗濕透。

但是他既沒有驚呼，也沒有奔逃。他還是靜靜的坐在椅子上，連動都沒有動。這個人既然能將他神不知鬼不覺的帶到這裡來，要殺他當然更容易。現在他既然仍還活著，又何必逃？又何必動？

突聽門外一個人大笑道：「傅公子好沉得住氣。」

門開了，大笑著走進來的竟是鍾大師。

只不過這個鍾大師樣子已有些變了，身上的布衣已換上錦袍，白髮黑了些，皺紋也少了些，看來至少年輕了一二十歲。

傅紅雪只冷冷的看了他一眼，連一點驚訝的表情都沒有，好像早已算準了會在這地方看見這個人似的。

鍾大師一揖到地，說道：「在下俞琴，拜見傅公子。」

原來他就是俞琴，原來他才是公子羽的琴僮，市場肉案旁的那個琴僮，只不過是陪他演那齣戲的一個小小配角而已。這齣戲只不過是演給傅紅雪一個人看的，真正的俞琴長得是什麼樣子，傅紅雪反正也沒見過，這齣戲當然演得絲絲入扣，逼真得很。他們演這齣戲，難道只不過為了要傅紅雪聽那一曲悲聲，要他自覺心灰意冷，自己拔刀割了自己的脖子？現在這柄刀若是再拔出來，要割的當然不會是他自己的脖子了。

看見他手裡的刀，俞琴遠遠就停下來，忽然道：「這裡是什麼地方？我怎麼會到這裡來的？」

他笑了笑，接著道：「這兩句話本該是傅公子問我的，傅公子既然不問，只好由我來問了。」

他自己問的話，本來也只有自己回答。

誰知傅紅雪卻冷冷道：「這裡是個好地方，我既然已來了，又何必再問是怎麼來的？」

俞琴怔了怔，道：「傅公子真的不想問？」

傅紅雪道：「不想。」

俞琴看著他，遲疑地道：「傅公子是不是想一刀殺了我？奪門而出？」

傅紅雪道：「不想。」

俞琴道：「難道傅公子也不想走？」

傅紅雪道：「我來得並不容易，爲什麼要走？」

俞琴又怔住。他進來的時候，本以爲傅紅雪一定難免驚惶失措，想不到現在驚惶失措的卻是他自己。

傅紅雪道：「坐下。」

俞琴居然就坐下。雕花木椅旁的白玉案上，有一張琴，正是天下無雙，曠絕古今的名琴焦尾。

傅紅雪道：「請奏一曲，且爲我聽。」

俞琴道：「是。」

「錚錝」一響，琴聲已起，奏的當然已不是那種聽了令人心灰意冷的悲音，琴聲中充滿了愉快歡悅，富貴榮華，就算實在已活不下去的人，聽了也絕不會想死的。他自己當然更不想死。

傅紅雪忽然問道：「公子羽也在這裡？」

俞琴雖然沒有回答，可是琴聲和順，就彷彿在說：「是的。」

傅紅雪道：「他是不是也想見我？」

琴聲又代表俞琴回答：「是的。」

傅紅雪本是知音，正準備再問，外面忽然響起了一種奇怪的聲音，單調、短促、尖銳、恐怖，一聲接著一聲，響個不停。

俞琴的手一震，琴弦突然斷了兩根。這尖銳短促的聲音中，竟似帶著種說不出的懾人之力。無論誰聽見這種聲音，都會覺得喉頭發乾，心跳加快，胃部收縮。甚至連傅紅雪都不例外。

俞琴臉色已變了，忽然站起來，大步走了出去。

傅紅雪並沒有阻攔，他從不做沒有必要的事，他必須集中精神，盡力使自己保持冷靜鎮定。

牆上的兵刃在燈下閃動著寒光，那幅四丈七尺長的橫卷無疑也是畫中的精品。他卻連看都不再去看一眼，他絕不能被任何事分心。可是他仍然無法集中精神，那短促尖銳的聲音一直在不停的響著，就像是一柄柄鐵錘在不停的敲打著他的神經。直到門環響動的時候，他才注意到後面還有一扇門，一個美麗的白衣女人，正站在門外凝視著他，看來竟彷彿是卓玉貞。但她卻不是卓玉貞。

她遠比卓玉貞更美，美得清新而高貴，她的笑容溫和優雅，風姿更動人，就連傅紅雪都忍不住要多看她兩眼。

她已走進來，輕輕掩上了門，從傅紅雪身旁走過去，走到大廳中央，才轉身面對著他，微笑道：「我知道你就是傅紅雪，你卻一定不知道我是誰。」

她的聲音也像她的人一樣，高貴而優雅，可是她說話卻很直率。顯然不是那種矯揉做作的女人。

傅紅雪不知道她是誰。

她卻已經在說：「我姓卓，可以算是這裡的女主人，所以你可以叫我卓夫人，假如你覺得這種稱呼太俗，也可以叫我卓子。」

她微笑著又道：「卓子是我的外號，我的朋友都喜歡叫我這名字。」

傅紅雪冷冷道：「卓夫人。」

他不是她的朋友。他沒有朋友。

卓夫人當然明白他的意思，卻還是笑得很愉快，道：「難怪別人都說你是個怪人，你果然是的。」

傅紅雪自己也承認。

卓夫人眼波流轉，道：「難道你也不想問問我，卓玉貞是我的什麼人？」

傅紅雪道：「不想。」

卓夫人道：「這世上難道真的沒有任何事能讓你動心？」

傅紅雪閉上了嘴。他若是拒絕回答一句話，立刻就會閉上嘴，閉得很緊。

卓夫人嘆了口氣，道：「我本來以爲你至少會看看這些武器的，所有到這裡來過的人，都對這些武器很有興趣。」

這些武器的確都是精品，要收集到這麼多武器的確不容易，能看得見已經很不容易。這種機會，練武的人很少願意錯過的。

她忽然轉身走到牆下，摘下了一柄形式古樸，黝黑沉重的鐵劍：「你認不認得出這是誰用的劍？」

傅紅雪只看了一眼，立刻道：「這是郭嵩陽用的劍。」

他本來並不想說的，卻忍不住說了出來，他不能被她看成無知的人。

卓夫人微笑道：「果然好眼力。」

這句話中的讚賞之意並不多，昔年嵩陽鐵劍縱橫天下，兵器譜中排名第四，不認得這柄劍的人實在也不多。

卓夫人道：「這雖然只不過是仿造的贗品，可是它的形狀、份量、長短，甚至連煉劍用的鐵，都絕對和昔年那柄嵩陽鐵劍完全一模一樣。」

她笑容中忍不住露出得意之色：「就連這條劍穗，也是郭家的姑奶奶親手結成的，除了他們家傳的鐵劍之外，普天之下，只怕已很難再找出第二條來！」

她掛起這柄劍，又摘下一條長鞭，烏光閃閃，宛如靈蛇。

傅紅雪道：「這是西門柔用的，鞭神蛇鞭，兵器譜上排名第七！」

卓夫人笑道：「你既然認得這條蛇鞭，當然也認得諸葛剛的金剛鐵拐。」

她掛起長鞭，卻從金剛鐵枴旁摘下了一對流星鍾。

傅紅雪道：「風雨雙流星，兵器譜上排名第三十四。」

卓夫人道：「好眼力。」

這次她口氣中的讚賞之意已多了些，忽然走到牆角，摘下對鐵環，道：「昔年金錢幫稱霸武林，幫主上官金虹威震天下，這就是他用的龍鳳雙環。」

傅紅雪道：「這不是。」

卓夫人道：「不是？」

傅紅雪道：「這是多情環，是西北鐵環門下弟子的獨門武器。」

卓夫人道：「殺人的武器，怎麼會叫做多情？」

傅紅雪道：「因為它只要一搭上對方兵刃，就糾纏不放，就好像多情的人一樣！」

他蒼白的臉上忽然露出種奇怪的表情，接著道：「情之所鍾，糾纏入骨，海枯石爛，至死方休，多情的人豈非也總是殺人的人！」

卓夫人輕輕嘆了口氣，道：「情之所鍾，不死不休，有時不但害了別人，也害了自己。」

傅紅雪道：「只怕通常害的都是自己。」

卓夫人慢慢的點了點頭，道：「不錯，通常害的都是自己。」

兩個人默默相對，過了很久，卓夫人才嫣然一笑，道：「這裡的兵刃，你有沒有不認得的？」

傅紅雪道：「沒有。」

卓夫人淡淡道：「這裡的每件武器都有來歷，都曾經在江湖中轟動過一時，要認出它們來，倒也不是什麼太困難的事。」

傅紅雪道：「世上本就沒有真正困難的事。」

卓夫人道：「只可惜有些兵刃雖然早已名動天下，殺人無算，卻從來也沒有人能真正見到過它的真面目，譬如說……」

傅紅雪道：「小李飛刀？」

卓夫人道：「不錯，小李飛刀，從不虛發，連武功號稱無敵的上官金虹，都難免死於刀下，的確可算是天下第一名刀。」

她又嘆了口氣，道：「可惜直到現在為止，還沒有人能看見過那柄刀。」

刀光一閃，已入咽喉，刀的長短形狀，又有誰能看得清楚？

卓夫人嘆道：「所以直到今天，這還是武林中一個最大的謎，我們費盡了苦心，還是沒法子打造出一柄同樣的飛刀來，滄海遺珠，實在是遺憾得很。」

傅紅雪道：「這裡好像還少了一樣武器。」

卓夫人道：「孔雀翎？」

傅紅雪道：「不錯。」

卓夫人笑了笑，道：「世上本就沒有十全十美的事，幸好我們總算已有了這柄刀。」

她忽然從牆上摘下了那柄漆黑的刀。

刀光一閃，刀已出鞘，不但長短形狀完全一樣，刀鋒上竟赫然也有三個缺口。

卓夫人微笑道：「我知道這柄刀不是給人看的，只怕連你自己都很少看到！」

傅紅雪的臉已蒼白得幾乎透明，冷冷道：「我知道有些人也一樣！」

卓夫人道：「人？」

傅紅雪冷冷道：「有些人雖然早已名動江湖，殺人無算，但卻從來也沒有人能見到他的真面目，譬如說……」

卓夫人道：「公子羽？」

傅紅雪道：「不錯，公子羽。」

卓夫人又笑了笑，道：「你真的從來也沒有見到過他？」

她笑得彷彿很奇怪，很神秘，傅紅雪的回答卻很簡單：「我沒有。」

卓夫人笑道：「現在你既然已來了，遲早總會見到他的，又何必太急？」

傅紅雪道：「他要等到什麼時候才來見我？」

卓夫人道：「快了。」

傅紅雪冷冷道：「既然已快了，現在又何必還要苦練拔刀？」

那單調、短促、尖銳的聲音還在不停的繼續著，一聲接著一聲。難道這就是拔刀的聲音？

傅紅雪道：「刀法千變萬化，拔刀卻只不過是其中最簡單的動作。」

卓夫人道：「這動作你練了多久？」

傅紅雪道：「十七年。」

卓夫人道：「就只這麼樣一個簡單的動作，你就練了十七年？」

傅紅雪道：「我只恨未能多練些時候！」

卓夫人又笑了，道：「你既然能練十七年，他爲什麼不能練？」

傅紅雪道：「因爲縱然能多練一兩天也沒有用！」

卓夫人微笑著坐下來，面對著他，道：「這次你錯了。」

傅紅雪道：「哦！」

卓夫人道：「他並不是在拔刀！」

傅紅雪道：「不是？」

卓夫人道：「他是在拔劍。」

她慢慢接著道：「近百年來，江湖中名劍如林，新創的劍法就有九十三種，千變萬化，各有奇招，有些劍法之招數怪異，簡直已令人不可思議，可是拔劍的動作，卻還是只有一種。」

傅紅雪道：「不是只有一種，是只有一種最快！」

卓夫人道：「可是要找出這最快的一種來並不容易。」

傅紅雪道：「最簡單的一種，即是最快的一種。」

卓夫人道：「那也得經過千變萬化之後，才能歸真返璞。」

所有武功中的所有變化，本就變不出這個「快」字。

卓夫人道：「他苦練五年，才找出這一種方法來，就只這麼樣一個簡單的動作，他也已練了十七年，至今還在練，每天至少都要練三個時辰。」

傅紅雪的手握緊刀柄，瞳孔已收縮。

卓夫人凝視著他，溫柔的眼波也變得利如刀鋒，一字字道：「你知不知道他如此苦練拔劍，爲的是什麼？」

傅紅雪道：「爲的是對付我？」

卓夫人嘆了口氣，道：「你又錯了。」

傅紅雪道：「哦？」

卓夫人道：「他並不是一定要對付你，也並不是只爲了要對付你一個人。」

傅紅雪終於明白：「他要對付的，是普天之下，所有的武林高手。」

卓夫人點點頭，道：「因爲他決心要做天下第一人！」

傅紅雪冷笑，道：「難道他認爲只要擊敗了我，就是天下第一人？」

卓夫人道：「直到現在爲止，他都是這麼想的。」

傅紅雪道：「那麼他就錯了。」

卓夫人道：「他沒有錯。」

傅紅雪冷冷道：「江湖中藏龍臥虎，風塵中尤多異人，武功遠勝於我的，還不知有多……」

卓夫人打斷了他的話，道：「可是至今爲止，還沒有人能擊敗你。」

傅紅雪閉上了嘴。

卓夫人道：「我也看得出要擊敗你並不是件容易事，到這裡來的人，你的確是最特別的一個。」

傅紅雪忍不住問道：「這裡已經有很多人來過？」

卓夫人避開了這問題，道：「牆上掛著的這些武器，不但收集極全，而且都是精品，只要是練過武的人，都難免會多看幾眼的，只有你居然能全不動心。」

她嘆息著，又道：「最奇怪的是，連這幅畫你都沒有看一眼。」

傅紅雪道：「我爲什麼一定要看？」

卓夫人道：「只要你去看一眼，就會明白。」

突聽一個人道：「既然他遲早總難免要看，你又何必太急？」

優柔從容的聲音，顯示出這個人教養良好，彬彬有禮。

多禮本就是冷淡的另一面，這聲音卻又偏偏帶著種奇異的熱情。一種幾乎已接近殘酷的熱情。

如果天地間真的具有足以毀滅一切的力量，無疑就是從這種熱情中產生的。也只有公子羽這樣的人，才會有這種可怕的熱情。他顯然也在渴望見到傅紅雪。他知道他們相見的時候，就是毀滅的時候，兩個人之中，至少有一個要被毀滅。

現在他已到了傅紅雪身後，他的掌中若有劍，已隨時都可以刺入傅紅雪的要害中。

他究竟是什麼樣一個人？他的掌中是否有劍？

廿三　公子羽

一

傅紅雪沒有回頭，也沒有動。

他不能動。他已感覺一種無堅不摧，無孔不入的殺氣，只要他一動，無論什麼動作，都可能為對方造成一個出手的機會。就連一根肌肉的抽緊，也可能造成致命的錯誤。雖然他明知公子羽這樣的人，是絕不會在他背後出手的。可是他不能不防備。

公子羽忽然笑了，笑聲更優雅有禮，道：「果然不愧是天下無雙的高手。」

傅紅雪保持沉默。

卓夫人卻眨了眨眼，道：「他連動都沒有動，你就能看出他是高手？」

公子羽道：「就因為他沒有動，所以才是天下無雙的高手。」

卓夫人道：「難道不動比動還難？」

公子羽道：「難得多了。」

卓夫人道：「我不懂。」

公子羽道：「你應該懂，你若是傅紅雪，若是知道我忽然到了你身後，你會怎麼樣？」

卓夫人道：「我一定會很吃驚！」

公子羽道：「吃驚難免要警戒提防，就難免要動。」

卓夫人道：「不錯！」

公子羽道：「只要你一動，你就死了！」

卓夫人道：「爲什麼？」

公子羽道：「因爲，你根本不知道我會從什麼地方出手，所以無論你怎麼移動，都可以造成致命的錯誤。」

卓夫人道：「像你這麼樣的對手，若是忽然到了一個人身後，無論誰都難免會緊張的，就算人不動，背上的肌肉也難免會抽緊！」

公子羽道：「可是他沒有，我雖然已在他身後站了很久，他全身上下連一點變化都沒有！」

卓夫人終於嘆了口氣，道：「現在我總算明白了，不動的確比動難得多！」

你若知道有公子羽這麼樣一個人站在自己背後，全身肌肉還能保持放鬆，那麼你這人的神經一定比冰冷得多。

卓夫人忽又問道：「他不動你難道就沒有機會出手？」

公子羽道：「不動就是動，所有動作變化的終點，就是不動。」

卓夫人道：「空門太多，反而變得沒有空門了，因爲整個人都已變成空的，空空蕩蕩，虛無縹緲，所以你反而不知道應該從何處出手？」

公子羽笑了笑，道：「這道理我就知道你一定會懂的。」

卓夫人道：「我也知道你根本就不會出手，你若要在背後殺他，有很多次機會都比這次好得多。」

她微笑著，又道：「因爲你的目的並不是要殺他，而是要擊敗他。」

公子羽忽然嘆了口氣，道：「要殺他容易，要擊敗他就難得多了。」

他終於從傅紅雪身後走了出來。他的腳步安詳而穩定。就在這一瞬間，傅紅雪忽然覺得一陣虛脫，冷汗已濕透衣服。

他絕不能讓公子羽發現這一點，他忽然道：「你爲什麼要捨易而求難？」

公子羽深深的道：「因爲你是傅紅雪，我是公子羽。」

二

現在公子羽終於已面對傅紅雪，傅紅雪卻還是沒有看見他的真面目。從背後看過去，他的風度優美，無懈可擊。可是，他臉上卻偏偏戴著個猙獰而醜惡的青銅面具！

傅紅雪冷冷道：「想不到公子羽竟不敢以真面目見人。」

卓夫人道：「你又錯了。」

傅紅雪冷笑。

卓夫人道：「你現在看見的，就是公子羽的真面目。」

傅紅雪道：「我看見的只不過是個面具。」

卓夫人道：「我臉上難道沒有戴面具？難道你一生下來就是這種冰冰冷冷連一點血色都沒有的樣子？難道這不是你的真面目！」

傅紅雪又閉了嘴。

卓夫人道：「其實你應該明白的，無論他長得是什麼樣子都不重要，只要你知道他是公子羽，這一點才是最重要的。」

這是事實，就連傅紅雪都不能不承認，因爲他不能不問自己。

——現在的我，究竟是不是我的真面目？我的真面目，究竟是什麼樣子的？

公子羽淡淡道：「我並不想看你的真面目，我只要知道你是傅紅雪，就已夠了。」

傅紅雪凝視著他，過了很久，才深深道：「現在你已知道我是傅紅雪，我已知道你是公子羽。」

公子羽道：「所以有件事我們現在一定要解決。」

傅紅雪道：「什麼事？」

公子羽道：「我們兩個人之中，現在已只有一個人能活下去。」

他的聲音仍然冷酷而有禮，顯然對自己充滿信心：「誰強，誰就活下去。」

傅紅雪道：「這種事好像只有一種方法解決！」

公子羽道：「不錯，只有一種法子，自古以來，就只有這一種法子。」

他凝視著傅紅雪手裡的刀：「所以我一定要親手擊敗你。」

傅紅雪道：「否則你就情願死？」

公子羽目光中忽然露出種說不出的悲哀之意，道：「否則我就非死不可。」

傅紅雪道：「我不懂。」

公子羽道：「你應該懂的，我不要別人殺你，就爲了要證明我比你強。我一定要做天下最強的人，否則我寧可死。」

他的聲音中忽然又充滿了譏誚：「武林就像是個獨立的王國，只能允許一個帝王存在，不是我，就是你！」

傅紅雪道：「這次只怕是你錯了！」

公子羽道：「我沒有錯，有很多事都能證明，除了我之外，你就是當今天下武功最強的人！」

他忽然轉過身，面對著壁上的那幅畫，慢慢的接著道：「你能活著走進這屋子，並不是件容易事，不是運氣。」

卓夫人輕輕嘆了口氣，道：「絕不是。」

畫上的人物繁多，栩栩如生，畫的彷彿是一段段故事。每一段故事中，都有一個相同的人。這個人就是傅紅雪。他面對這幅畫時，第一眼看見了他自己——

陰暗的天氣，邊陲上的小鎮，長街上正有兩個人在惡鬥。一個人白衣如雪，手裡卻揮舞著一柄鮮紅的劍，另一人掌中的刀漆黑。

公子羽道：「你應該記得，這是鳳凰集。」

傅紅雪當然記得，那時鳳凰集還沒有變成死鎮，那也是他第一次見到燕南飛！

公子羽道：「這一戰你擊敗了燕南飛。」

在第二段畫面上，鳳凰集已變成了個死鎮，煙霧迷漫中，兩個人跪在傅紅雪面前。

公子羽道：「這一戰你擊敗了五行雙殺。」

然後就是馬鞍中的毒蛇，鬼外婆的毒餅，明月高樓上的毒酒。

荒涼的倪家廢園中，一個赤足的年輕人正在他刀下慢慢的倒下去。

公子羽道：「杜雷本是江湖少見的好手，他的刀法是從苦難中磨練出來的，雖然有些驕矜做作，我還是想不到你一刀就能殺了他！」

傅紅雪道：「殺人的刀法，本就只有一刀！」

公子羽嘆道：「不錯，念動神知，後發先至，以不變應萬變，一刀的確就已夠了！」

這一刀不但已突破了刀法中所有招式的變化，也已超越了形式和速度的極限。

卓夫人道：「讓我最想不到的是，你居然能從孔雀山莊那地室中逃出來！」

孔雀山莊變爲一片瓦礫，卓玉貞就已在畫面上出現。天王斬鬼刀怒斬奔馬，郝廚子車前燉肉，明月心和卓玉貞被送入孔雀山莊的地室，公孫屠出現，卓玉貞地室中產子……

看到這裡，傅紅雪的手足已冰冷。

卓夫人道：「她是根繩子，我們本想用她來綁住你的手，你心裡若是一直惦記著她和那兩個孩子，你的手就等於被綁住了。」

一雙手已經被綁住了的人，當然就不值得公子羽親自動手。

卓夫人嘆道：「但是我們卻想不到，在那種情況下，你居然還能殺了天王斬鬼刀！」

傅紅雪的手握緊，道：「那時你們已準備讓她暴露身分，為什麼還要她殺杜十七？」

卓夫人道：「因為我們還要利用她做最後一件事。」

傅紅雪道：「你們要她用那兩個孩子逼我拿出天地交征陰陽大悲賦？」

卓夫人點點頭，道：「直到那時候我們才相信，陰陽大悲賦並沒有落在你手裡，因為我們知道你為了那兩個孩子，是不惜犧牲一切的。」

她又嘆了口氣，道：「只可惜你居然練成了大移穴法，居然沒有死在她手裡，更可惜的是，你居然狠不下心來殺她！」

於是畫幅上就出現了那個戴茉莉花的女孩子，正將一匙雞湯餵入傅紅雪嘴裡。鄰家的老媼正在殺雞，戴著茉莉花的小婷正在街頭的小店中買酒，肥胖的酒舖老闆看著她的胸膛，帶著淫猥的笑意。他卻已醉倒在那低俗的斗室中，彷佛已漸漸習慣了那種卑賤的生活。

卓夫人道：「那時我們本來以為你已完了，就算你還能殺人，也只不過是個瘋狂的劊子手，已不值得公子對付你！」

公子羽要對付的，只不過是武林中最強的一個人。

卓夫人道：「如果你已不是武林中最強的人，就算死在陰溝裡，我們也不會關心的，所以那時我們已準備找別人去殺了你。」

傅紅雪道：「只可惜能殺我的人也不多。」

卓夫人道：「我們至少知道一個。」

傅紅雪道：「誰？」

卓夫人道：「你自己。」

傅紅雪立刻又想起那淒苦絕望的聲音，足以令人完全喪失求生的鬥志。無論誰都想不到他到了那種時候，居然還有勇氣活下去，也許就因爲他有這種勇氣，所以才能活到現在。如果連他自己都能擊敗自己，又何必公子羽親自出手？

公子羽道：「所以你現在總該已明白，你能活著到這裡來，絕不是運氣。」

傅紅雪再問一遍：「你這麼樣做，只因爲你一定要證明你比我強？」

公子羽道：「不錯。」

他眼睛忽又露出那種說不出的悲哀和譏誚之意，道：「因爲這一切都只有最強的人才能享受，你若能勝了我，這一切都是你的。」

傅紅雪道：「這一切？」

卓夫人道：「這一切的意思，就是所有的一切，其中不但包括了所有的財富，榮譽和權力，甚至還包括了我。」

她笑了笑，笑得溫柔而甜蜜：「只要你能勝了他，連我都是你的。」

三

推開門走出去，是條漫長的甬道，就像是永遠也走不到盡頭。公子羽已推開門走出去，然後再回身。

「請，請隨我來。」

卓夫人並沒有跟著傅紅雪走出來，現在他們已走到甬道的盡頭。

盡頭處也是道雕花的木門，精美而沉重，裡面一間空闊的大廳中，有個寬廣的石台，四面角落上，都有個巨大的火炬。

公子羽慢慢的走上去，站在石台中央：「這就是我們的決鬥之處。」

傅紅雪道：「很好。」

平坦的石台，明亮的火炬，無論你站在哪裡，無論面對著哪一個方向都一樣。屋子裡甚至連一點風都沒有，你出手時的準備和速度，絕不會受到任何外來的影響。

公子羽顯然並不想在天時地利上佔他的便宜。能做到這一點已經很不容易。

石台兩旁，各有三張寬大舒服的椅子，距離石台的邊緣，都正好是七尺。

公子羽道：「我們交手時，只能讓六個人來觀戰，他們也就是這一場決鬥的證人，你可以任意的選擇出三位。」

傅紅雪道：「不必。」

公子羽道：「高手相爭，勝負的關鍵往往會決定在一件很小的事上，有自己的朋友在旁邊照顧，總比較安心些，你爲什麼要放棄這權利？」

傅紅雪道：「因爲我沒有朋友。」

公子羽凝視著他，道：「這權利你還是不妨保留，我找來的人之中，如果有讓你覺得不安的，你隨時都可以拒絕。」

傅紅雪道：「很好。」

公子羽道：「你連日勞累，精神體力都難免差些，不妨先在這裡休養一段時候，所以決鬥的日期，也由你來選擇！」

傅紅雪遲疑著，道：「明日此刻如何？」

公子羽道：「很好。」

傅紅雪道：「那麼明天我再來！」

公子羽道：「你不必走，我已經在這裡爲你準備了居室衣服，你可以安心休養，絕不會有人打擾你，你若有什麼需要，我們也可以負責替你辦到。」

傅紅雪道：「看來這的確好像是場很公平的決鬥。」

公子羽道：「絕對是的。」

傅紅雪道：「我的棺材你想必也早已準備好了。」

公子羽居然並不否認，道：「那是口上好的楠木棺材，是特地從柳州運來的，你若想先去看看，我也可以帶你去。」

傅紅雪道：「你已看過？」

公子羽道：「我看過。」

傅紅雪道：「你很滿意。」

公子羽道：「很滿意。」

傅紅雪淡淡道：「那就夠了。」

公子羽的反應更平淡，道：「現在你也許只想去看看你的床。」

傅紅雪道：「是的。」

華麗的絲絨窗簾掩住了日色，屋子裡黝暗如黃昏。

外面又響起了單調而短促的拔劍聲，傅紅雪已完全清醒。

剛才他居然睡著了。他並不是被劍聲驚醒的，他忽然醒來是因爲室裡已多了一個人。一個苗條修長的人影，斜倚著窗櫺，背對著他，在一件柔軟的絲袍下，依稀可以看得出她的腰肢纖細，雙腿筆直。

她知道傅紅雪已醒來，並沒有回頭，卻輕輕嘆息了一聲，悠悠的道：「又是一天過去了，日復一日，年復一年，這樣的日子要過到什麼時候爲止？」

高貴優雅的聲音，柔和優美的體態，卻帶著種說不出的厭倦之意。

傅紅雪沒有反感。

卓夫人慢慢的接著道：「也許你認爲我根本不該來的，我畢竟還是他的妻子，可是這種日子我實在已過得膩了，所以……」

傅紅雪道：「所以你希望我能擊敗他？」

卓夫人道：「不錯，我的確希望你能擊敗他，這麼多年來，你是唯一有機會能擊敗他的一個人，你擊敗他之後，我的生活才會改變。」

傅紅雪道：「勝者就能得到一切？」

卓夫人道：「所有的一切。」

傅紅雪道：「甚至連他的妻子也不例外？」

卓夫人道：「是的。」

傅紅雪忽然冷笑，道：「你既然不是個好妻子，他也不必冒這種險的。」

卓夫人道：「可是他要證明他比你強。」

傅紅雪冷冷道：「證明給誰看？這裡難道另外還有個主宰他命運的人？他這麼樣做，也因爲他根本沒有選擇的餘地？」

卓夫人霍然回頭，凝視著他，美麗的眼睛中充滿了驚訝，過了很久，才嘆了口氣，道：「你怎麼會有這種想法的？」

傅紅雪道：「你若是我，你會怎麼想？」

卓夫人道：「我至少不會像你這樣胡思亂想，我會一心想著要怎麼樣才能擊敗他。」

她慢慢的走過來，腰肢柔軟，眼波如水：「我雖然不能算是個好妻子，卻是個很好的女人，你也應該看得出的。」

傅紅雪道：「我看不出。」

卓夫人輕輕嘆了口氣，道：「現在你不妨再看看。」

這句話說完，她身上柔軟的絲袍已滑落。

傅紅雪的呼吸停頓；他不能不承認這的確是他平生所見過最完美無瑕的胴體。一個高貴的女人，忽然赤裸在自己面前，這種誘惑更令人難以抗拒。

她靜靜的站在床頭，看著他，道：「只要你能戰勝，這一切都是你的，但現在卻還不是。」

傅紅雪蒼白的臉上已泛起紅暈。他知道自己身體上的變化，他知道她一定也已注意到。

美麗的黃昏，屋子裡如此安靜，充滿了從她身上散發出的優雅香氣。

他畢竟是個男人。

她卻已拾起了衣衫，燕子般輕盈的走了，走出門，忽又回眸一笑，道：「現在我還不是你的，可是你若需要，我可以找別人來陪你。」

傅紅雪握緊雙手，忽然問道：「卓玉貞是不是在這裡？」

卓夫人點點頭。

傅紅雪道：「去找她來，立刻就來。」

卓夫人吃驚的看著他，好像連做夢都想不到他會提出這要求。

傅紅雪冷冷道：「你剛說道，只要是我要的，你們都可以爲我辦到。」

卓夫人又笑了，笑容中竟似帶著一種說不出的詭秘之意，道：「你爲什麼一定要選她？你爲什麼不選明月心？」

傅紅雪的身子突然僵硬。

卓夫人悠然道：「你想不到她還沒有死？」

傅紅雪道：「我……」

卓夫人道：「她也在這裡，要不要我去帶她來？」

她忽又沉下臉，冷冷道：「我知道你不會要的，你要的是卓玉貞，你喜歡的一向都是她那種低賤毒辣的女人。」

「砰」的一聲，門被重重的關上。這次她走的時候，已不再回頭。

她爲什麼會忽然變得如此衝動憤怒？只爲了傅紅雪要找的是卓玉貞？

一個美麗狡黠而冷靜的女人，通常是不會爲這種事生氣的。

傅紅雪還是靜靜的躺在床上，那單調而短促的拔劍聲還在不停的繼續著。別人爲了這一戰已付出這麼大的代價，他若爲了女人們煩惱，豈非太愚蠢？

可是他仍然不能不去想明月心。她若真的還沒有死，落在這些人手裡，遭遇也許比死更悲慘。

想到這一點的時候，他才發現自己已很久很久沒有想到過她了。

一個人對自己心裡內疚神明的事，總是會盡量避免去想的。

忽然間夜已很深，屋子裡一片黑暗，外面卻有了敲門聲。

「什麼人？」

「是卓姑娘，卓玉貞卓姑娘。」兩個丫環扶著卓玉貞走進來。

她打扮得很美，烏黑的頭髮上戴滿了珠玉，一件鮮紅的披風長長的拖在地上，看來竟有幾分像是奉旨和番的美人王昭君。

現在她當然已不必再作出那種楚楚可憐的樣子，她冷冷的看著傅紅雪，面無表情。

丫環們放下紗燈，吃吃的笑著，悄悄的走了。

卓玉貞忽然冷冷道：「是你找我來的？」

傅紅雪點點頭。

卓玉貞道：「找我來報仇？」

傅紅雪道：「我找你來，只因爲我本來有幾件事要問你。」

卓玉貞道：「現在呢？」

傅紅雪道：「現在我已不想問，所以你不妨走。」

卓玉貞道：「你不想報復？」

傅紅雪道：「不想。」

卓玉貞道：「你也不想要我上床？」

傅紅雪閉上了嘴，他並不怪她，她說這種話，也並不是令人驚訝的事；一個像她這樣的女人，若是知道自己不能再用行動去傷害別人時，總是會說些刻毒的話去傷人的。她傷害別人，也許只不過因為要保護自己。

他並不怪她，只是忽然覺得很疲倦，只希望她快走，永遠莫要再見。他忽然發現其他的事都不重要，只有明日的那一戰才是最重要的。他一定要擊敗這個直到此刻還在不停拔劍的人，只有戰勝這個人，他才能揭破所有的秘密，才能重見明月心。

可是卓玉貞卻偏偏還站在那裡，盯著他，眼睛裡充滿了悲哀和怨恨。忽然道：「你既然根本沒有把我放在心上，又何必一定要我來？」

傅紅雪道：「就算我不該叫你來的，現在你還是一樣可以走。」

卓玉貞道：「不一樣了。」

傅紅雪道：「有什麼不一樣？」

卓玉貞道：「不一樣了，不一樣了……」

她彷彿根本沒有聽見傅紅雪在問什麼，嘴裡只是不停的反覆說著這句話，也不知說了多少遍，眼淚忽然滾落面頰。她的人也倒了下去。鮮紅的披風散開，露出了鮮紅的血色。是真的血。鮮血已染紅了她赤裸的胴體，她全身上下幾乎已沒有一處完整的皮肉。

傅紅雪的人跳起來，心卻已沉下去。

卓玉貞咬著牙，道：「現在你總該已明白，爲什麼不一樣了……」

傅紅雪道：「就因爲我要你來，她就將你折磨成這樣子？」

卓玉貞笑了笑，道：「其實你早就應該知道，她雖然不讓你去碰她，可是她也不願讓你碰別的女人，因爲……」

她的笑比哭更悲慘，她還想說下去，但卻連一個字都無法再說。

傅紅雪還在問：「爲什麼？爲什麼？」

卓玉貞又笑了笑，眼簾已闔起，一陣濃烈的藥味從散開的披風裡傳出。她死得並不痛苦，因爲她全身上下早已被卓夫人的藥物麻木。

據說在遙遠的天竺，尼羅河畔肥沃的土壤中，生長著一種美麗而奇異的花朵，叫做「罌粟」，不但可以麻醉人的肉體，也能麻醉人的靈魂。

有的女人豈非也正如這種花一樣，在她那高貴優雅的軀體中流動著的血，竟比罌粟的花汁更毒。

她為什麼要做這種事？只為了不願讓傅紅雪碰別的女人？

她和傅紅雪相見還不到半日，為什麼就有了這種瘋狂的妒忌？

沒有愛的人，怎麼會妒忌？相見只半日的人，怎麼會有愛？

傅紅雪慢慢的站起來，慢慢的走過去，輕輕的去推門。如果門已從外面鎖上，如果門是鐵鑄的，他也不會覺得意外。他心裡已有了準備。無論在什麼樣的情況下，無論發生了什麼樣的事，他都已準備承受。

想不到他輕輕一推，門就開了。門外沒有人，漫長的甬道中也沒有人，只有那單調短促的拔劍聲，還在不停的響。

他沿著這聲音傳出的方向往前走，甬道長而曲折，每間屋子的距離都很遠，也不知經過多少轉折後，他才看見一扇門。門裡靜悄悄的，沒有人聲，也沒有拔劍聲。

他還是推開門走進去。他又走回了他剛才走出來的那間屋子，倒在血泊中的卓玉貞已不見了。

屋子裡還是同樣幽靜，雖然少了一個人，卻多了一桌菜。

現在正是晚飯的時候。六樣很精緻的菜，還是熱的，還有一盤竹節小饅頭，一鍋粳米飯，一缸還沒有開封的酒。

現在他實在很需要喝一點酒，但是他卻又走了出去。

同樣的甬道，同樣靜寂，他的走法卻已不同。他本來走得很慢，現在走得快些，本來是往右走的，現在卻往左。

又不知經過多少轉折後，他又看見一扇門，門裡靜悄無聲。這裡的門，形式雕花還是完全一樣的，只不過剛才他走出來時，並沒有掩上門，這扇門卻關著。

他推開門走進去，他已再三告訴自己，一定要沉住氣，一定要冷靜。可是他走進這扇門，還是不免很難受，因爲他又看見了那桌菜；他又走進了剛才走出來的那間屋子，菜還是熱的，竟似比剛才還熱些。

酒缸下卻多了張短柬，字寫得很秀氣，顯然是女子的字跡！

「明月本無心，何必尋月？

小飲可酣睡，不妨獨酌。」

傅紅雪坐了下來。他一定要勉強自己坐下來，因爲他已發現，無論怎麼走，結果都是一樣，他還是會走回這裡，還是會看見這一桌好像永遠都不會冷的飯菜。

他也想勉強自己吃一點，可是等他拿起筷子，就發現不對了；剛才他看見的六盤菜，其中有一碟松鼠黃魚，還有一碟是糖醋排骨，雖然他只看了一眼，可是他記得很清楚，他對醋的酸味道一向特別敏感，但現在這六道菜卻全是素的，滿滿的一鍋粳米飯變成了一鍋粳米粥。

他終於發現這裡並不是他剛才走出來的那間屋子。這裡的每間屋子，不但門戶相同，裡面的家俱裝置也是完全一模一樣，連他自己都已分不清，他原來住的是這間屋子，還是剛才那一間？

床上的被褥凌亂，顯然已有人睡過，剛才睡在這張床上的，究竟是他還是別人？如不是他，那麼是誰？

這個神秘而奇怪的地方，究竟住著些什麼人？

廿四 神秘老人

一

寢室後還有間小屋，裡面隱約的有水聲傳出。

他忍不住走過去，門是虛掩著的，他只看了一眼，全身的熱血就幾乎全都衝上了頭頂。

寢室後這小屋竟是間裝修得很華麗的浴室，池水中熱氣騰騰，四面圍著雕花的玉欄杆，欄杆上掛著件寬大的白布長袍。

一個人背對著他，站在浴池裡，雪白的皮膚光滑如絲緞，腰肢纖細，臀部豐圓，修長挺直的雙腿，看來就像是白玉雕成的。

傅紅雪看不見她的臉，只看見她頭上的三千煩惱絲都已被剃得乾乾淨淨，頂上還留著受戒的香疤。

這個入浴的美人，竟是個尼姑。

傅紅雪並不是沒有看過女人，也不是沒有見過赤裸的女人，可是一個赤裸著的尼姑，就完全是另外一回事了。

這尼姑的胴體之美，雖然令他目眩心動，但是他也絕不敢再去看第二眼。

他立刻衝了出去，過了很久之後，心跳才漸漸恢復正常。

他心裡立刻又有了種奇怪的想法：「這尼姑會不會是明月心？」

這不是沒有可能。受過了那麼多打擊挫折之後，明月心很可能已出家爲尼，但他卻再也沒有勇氣回去查證了。

就在這時，他又看見了一扇門，同樣的雕花木門，彷彿也是虛掩著的，這間屋子是不是他原來住的那間，他已完全無法確定。

屋子裡住著的說不定就是明月心，也說不定是那心如蛇蠍般的卓夫人。

既然來了，他當然要進去看看。他先敲門，沒有回應，輕輕將門推開一邊，裡面果然也有一桌菜；現在本就正是吃飯的時候，無論什麼樣的人都要吃飯的。

一股酥酥甜甜的味道，從門裡散出來，桌上的六盤菜之中，果然有一樣松鼠黃魚，一樣糖醋排骨。

轉了無數個圈子後，他又回到了剛才出發的地方，他反而覺得鬆了口氣，正準備推門走進去，突聽「砰」的一聲響，門竟往裡面關上了。

一個冰冷冷的女子聲音在門裡道：「是什麼人鬼鬼祟祟的站在外面？快走！」

傅紅雪的心又一跳。

他聽得出這聲音，這是明月心的聲音，他忍不住問：「明月心，是你？」

過了半晌，他又報出了自己的姓名，他以為明月心一定會開門的。

誰知她卻冷冷道：「我不認得你，你快走。」

她是不是有什麼不得已的苦衷？是不是已被人所看管，不敢跟他相認？

傅紅雪突然用力撞門。雕花的木門，總是要比樸實無華的脆弱得多，一撞就開了。

他走過去，一個人正站在床前冷冷的看著他，卻不是明月心，是卓夫人。

她看來也像是剛從浴池中出來的，赤裸的身子上，已裹了塊柔軟的絲巾，絲巾掩映間，卻使得她的胴體看來更誘人。傅紅雪怔住。

卓夫人冷冷道：「你不該這樣闖進來的，你應該知道現在我是別人的妻子。」

她的聲音聽起來果然和明月心依稀有些相似。傅紅雪直視著她，彷彿想從她臉上看出什麼秘密來。

卓夫人道：「我已將卓玉貞送去了，你為什麼還來找我？」

傅紅雪道：「因為你就是我要找的人，你就是明月心。」

屋子裡沒有聲音，卓夫人臉上也沒有表情，就像是戴著假面具。

也許這才是她的真面目，或許這也不是，但這些都已不重要，因為傅紅雪現已明白，無論她長得是什麼樣子都不重要，只要他已知道她就是明月心，這一點才是最重要的。

她動也不動的站著，也不知過了多久，終於長長嘆息了一聲，道：「你錯了。」

傅紅雪道：「哦？」

卓夫人淡淡道：「世上根本沒有明月心這麼樣一個人，明月根本就是無心的。」

傅紅雪承認。

有心的明月，本就像無刺的薔薇一樣，只有在傳說和神話中才會出現。

卓夫人道：「也許你以前的確在別的地方見過明月心，可是那個人也正像你以前的情人翠濃一樣，已不存在了。」

難忘的舊情，永恆的創痛，也許就因爲她知道他永遠都不敢再面對那樣一張臉，所以才扮成那樣子，讓他永遠也看不出她的僞裝。

到了有陽光的時候，她甚至還會再戴上一個笑口常開的面具。然後她又忽然失蹤了，明月心也就永遠消失，就好像從來都沒有存在過。

傅紅雪道：「只可惜你還是做錯了一件事，你不該殺卓玉貞。」

——沒有愛的人，怎麼會妒忌？相見只半日的人，怎麼會有愛。

傅紅雪蒼白的臉上，已泛起種奇異的紅暈，道：「你殺她，只因爲你恨我。」

她臉上那種高貴優雅的表情也不見了，眼睛裡忽然充滿了怨恨。

——沒有愛的人，又怎麼會有恨？

「明月心爲你而死，你卻連提都沒有提起過她，卓玉貞那麼樣害你，你反而一直在記掛著她。」

這些話她並沒有說出來，也已不必說。

她忽然大聲道：「不錯，我恨你，所以我希望你死。」

她轉身走入了後面的小屋，只聽「噗通」一聲，似又躍入了浴池。可是等到傅紅雪進去看她時，浴池中卻沒有人，小屋中也已沒有人。

單調短促的拔劍聲還在響，彷彿就在窗外，但是拉開窗簾，支起窗戶，外面卻是一道石壁，只有幾個通氣的小洞。從這些小洞中看出去，外面一片黑暗，也不知是什麼地方。

她是怎麼走的？那小屋中無疑還有秘密的通路，傅紅雪卻已懶得再去尋找，他已找到他要找的人，也知道她爲什麼要殺卓玉貞。

現在他唯一能做的事就是等待，等待著明日的那一戰。在這裡等雖然也一樣，但他卻不願留在這裡，推開門走出去，拔劍聲在甬道中聽來彷彿更近。

他知道自己是絕對沒有法子安心休息的，卓夫人也絕不會放過他。她一定會想出各種法子來擾亂他，讓他焦慮緊張，心神不定。雖然他並沒有對不起她，雖然是她自己要失蹤的，雖然他們之間並沒有任何默契。可是她絕不會想到這些的。

一個女人若是要恨一個男人時，隨時都可以找出幾百種理由來。這件事之中雖然還有很多無法解釋的地方，他卻已不願再想，只要能擊敗公子羽，所有的疑問都立刻會得到解答，現在他又何必多想？

若是敗在公子羽手下，這些事就更不必關心了，無論對什麼問題來說，死都是種最好的解答！

就在這時，他又找到了一扇門，拔劍的聲音，就在門裡。

這一次他有把握，拔劍的聲音，的確是在這扇門裡發出來的。

他伸手去推門，手指一接觸，就發現這扇雕花的門竟是鋼鐵所鑄。

門從裡面閂上，他推不開，也撞不開，敲門更沒有回應。就在他已準備放棄時，他忽然發現門上的銅環光澤特別亮，顯然經常有人的手在上面撫弄摩挲。

銅環並不是女人的乳房，也不是玩物。若沒有特別的原因，誰也不會經常去玩弄一個銅環。

他立刻找出了這原因；他將銅環左右旋動，試驗了數十次，就找出了正確的答案。

鐵門立刻開了。

拔劍的聲音也立刻停止！

他走進這屋子，並沒有看見拔劍的人，卻看見了他生平從未見過的巨大寶藏。

二

珍珠、綠玉、水晶、貓兒眼，還有其他各式各樣不知名的寶石，堆滿了整個屋子。

一間遠比任何人想像中都大得多的屋子；這些無價的寶石、珠玉，在它們的主人眼中看來，並不值得珍惜，所以屋裡連一口箱子都沒有，一堆堆珠寶，就像是一堆堆發亮的垃圾，零亂的堆在四周。

屋角卻有個鐵櫃，上面有把巨大的鐵鎖，裡面藏著的是什麼？難道比這些珠寶更珍貴？要打開這鐵櫃，就得先打開上面的鐵鎖，要開鎖就得有鑰匙。

但世上卻有種人用不著鑰匙也能開鎖的，這種人雖不太少，也不太多。何況這把鎖製造得又極精巧，製造它的巧匠曾經誇過口，不用鑰匙就能打開它的人，普天之下絕不會超過三個。因爲他只知道當今天下最負盛名的三位妙手神偷，卻不知道，這世上還有第四個人。

傅紅雪就是第四個人。

他很快就打開了這把鎖，櫃子裡只有一柄劍，一本帳簿。

一柄鮮紅的劍，紅如鮮血。

傅紅雪的瞳孔收縮，他當然認得出這就是燕南飛的薔薇劍。

「劍在人在，劍毀人亡！」他的劍在這裡，他的人呢？

帳簿已經很破舊，顯然有人經常在翻閱，這麼樣一本破舊的帳簿，爲什麼值得如此珍惜。

他隨便翻開一頁，就找出了答案。這一頁上面寫著：

盛大鏢局總鏢頭王風二月十八入見誤時，奉獻短缺，公子不歡。

二月十九日，王風死於馬下。

南宮世家二公子南宮敖二月十九入見，禮貌疏慢，言語不敬。

二月十九夜，南宮敖酒後暴斃。

「五虎斷門刀」傳人彭貴二月二十一入見，辦事不力，洩露機密。

二月二十二日，彭貴自刎。

只看了這幾行，傅紅雪的手已冰冷。

在公子羽面前，無論你犯了什麼樣的錯誤，結果都是一樣的。

死！只有死，才能根本解決一件事。

公子羽絕不讓任何人還有再犯第二次錯誤的機會，更不容人報復。這帳簿象徵著的，就是他的權力，一種生殺予奪，主宰一切的權力，這種權力當然遠比珠寶和財富更能令人動心！

——只要你能戰勝，一切都是你的，包括了所有的財富，榮耀和權力！

古往今來的英雄豪傑們，艱辛百戰，不惜令白骨成山，血流成河，爲的是什麼？

這種誘惑有誰能抗拒？

傅紅雪長長吐出口氣，抬起頭，忽然看見一雙眼睛正在鐵櫃裡看著他。

鐵櫃裡本來只有一本帳簿，一柄劍，現在竟又忽然出現了一雙比利鋒更銳利的眼睛。

四尺見方的鐵櫃，忽然變得又黑又深，深得看不見底，這雙眼睛就正在最黑暗處看著他。

傅紅雪不由後退了兩步，掌心已沁出了冷汗。他當然知道這鐵櫃的另一面也有個門，門外也有個人。

現在那邊的門也開了，這個人就忽然出現。

可是驟然看見黑暗中出現了這麼樣一雙眼睛，他還是難免吃驚。然後他立刻就看見了這個人的臉；一張滿佈皺紋的臉，鬚髮都已白了，已是個歷經風霜的老人，可是他一雙眼睛卻還是年輕的，充滿了無限的智慧和張力。

老人在微笑，道：「我知道你是夜眼，你一定已看出我是個老人。」

傅紅雪點點頭。

老人道：「這是你第一次看見我，也是我第一次親眼看見你，我只希望這不是最後一次。」

傅紅雪道：「你也希望我擊敗公子羽？」

老人道：「我至少不想你死。」

傅紅雪道：「我活著對你有什麼好處？」

老人道：「沒有好處，我只希望這一戰能真正公平。」

傅紅雪道：「哦？」

老人道：「只有真正的強者得勝，這一戰才算公平。」

他的笑容消失，衰老的臉立刻變得莊嚴而有威，只有一向習慣於掌握權力的人，才會有這種堅韌表情。

他慢慢的接著道：「強者擁有一切，本是天經地義的事，也只有真正的強者才配得到這一切。」

傅紅雪吃驚的看著他的改變，忍不住問道：「你認爲我比他強？」

老人道：「至少你是唯一有機會擊敗他的人，可是你現在太緊張，太疲倦。」

傅紅雪承認。他本來一直想使自己保持冷靜鎮定，但是卻沒有做到。

老人道：「現在距離你們的決鬥還有八個時辰，你若不能使你自己完全鬆弛，明日此刻，你的屍體一定已冰冷。」

他不讓傅紅雪開口，接著又道：「從這裡走出去，向右轉三次，左邊的一間房裡，有個女人躺在床上等著你。」

傅紅雪道：「誰？」

老人道：「你用不著問她是誰，也不必知道她爲什麼要等你！」

他的聲音也變得尖銳而冷酷！

「像你這樣的男人，本該將天下的女人當作工具。」

傅紅雪道：「工具？」

老人道：「她就是唯一可以讓你鬆弛的工具。」

傅紅雪沉默。

老人道：「你若不這樣做，出門後就向左轉三次，也可以找到一間房子。」

傅紅雪道：「那屋裡有什麼？」

老人道：「棺材。」

傅紅雪的手握緊刀柄，道：「你究竟是什麼人，憑什麼來命令我？」

老人又笑了，笑得還是那麼神秘詭譎。

就在笑容出現的時候，他的臉已消失在黑暗中，就像是從未出現過。

三

傅紅雪穿過一堆堆珠寶，頭也不回的走出了門，這些無價的珠寶在他眼中看來，也只不過是一堆堆垃圾而已。

他出門之後，立刻向左轉，左轉三次後，果然就看見了一扇門。

一間空房中，只擺著口棺材。上好的楠木棺材，長短大小，就好像是量著傅紅雪身材做的，棺蓋上還擺著套黑色的衣褲，尺寸當然也完全合他的身材。

這些本就是特地爲他準備的，每一點都設想得很周到。他們本不是第一次做這種事。

他甚至可以想像到，他死了之後，那本賬簿上必定會添上新的一頁——

傅紅雪×月×日入見，緊張疲倦，自大愚蠢，公子大樂。

×月×日，傅紅雪死於劍下。

這些賬他自己當然看不見了，能看見的人心裡一定愉快得很。

棺材冰冷堅硬，新漆在黑暗中閃著微光。

他忽然轉身衝出去，先轉入那間藏寶的屋子，裡面又響起了單調而短促的拔劍聲。

他卻沒有停下來，又右轉三次，推開了左邊的一扇門。

門內一片黑暗，什麼都看不見，卻可以嗅到一陣淡淡的幽香。

他走進去，掩上門。他知道床在哪裡，他已經可以聽見自己的心跳聲。

床上是不是真的有人？是什麼人？

他無法將一個活生生的人當工具，可是他也知道那老人說的是真話，一個人若想使自己的緊張鬆弛，這的確是最有效的法子。

屋子裡很靜。他終於聽見一個人的呼吸聲：輕而均勻的呼吸聲，就像是春日吹過草原的微風。

他忍不住試探著問：「你是誰？爲什麼要等我？」

沒有回應。

他只好走過去，床鋪溫暖而柔軟，他伸出手，就找到一個更溫暖柔軟的胴體，光滑如絲緞。

她已完全赤裸。他的手指輕觸她光滑平坦的小腹，呼吸聲立刻變得急促。

他又問：「你知道我是誰？」

還是沒有回應，卻有隻手，握住了他。

長久的禁慾生活，已使他變得敏感而衝動，他畢竟是個正值壯年的男人，他身體已有了變化。

急促的呼吸聲已變爲銷魂的呻吟，溫柔的牽引著他。他忽然就已沉入一種深邃溫暖的歡樂裡。

她的身子就像春日中的草原般溫潤甘美，不但承受，而且付予。

隱約癡迷中，他彷彿又想起了他第一次接受這種歡樂時的情況；那次也同樣是在黑暗中，那個女人也同樣成熟而渴望。但她的給予，卻不是爲了愛，而是爲了要讓他變成一個男人，因爲那正是他準備復仇的前夕。

第二天他醒來時，果然覺得前所未有的充實滿足，而且活力更充沛。

人生真是奇妙的事，「消耗」有時反而可以讓人更充實。

潮濕的草原在扭動蠕動。

他伸出手，忽又發現這個完全赤裸的女人頭上卻包著塊絲巾。

這是爲了什麼？難道她不願讓他撫摸她的頭髮，還是因她根本沒有頭髮？

想到浴池中那雪白聖美的背影，他不禁有了種犯罪的感覺，可是這種罪惡感卻使他覺得更刺激。

於是他就完全沉沒在一種他從未得到過的歡樂的肉慾裡，他終於完全鬆弛解脫。

他終於醒了。

多年來他都沒有睡得這麼甜蜜過，醒來時身旁卻已沒有人，枕畔還留著幽香，所有的歡樂卻都已變成春夢般不可追尋。

屋子裡居然有了光，桌上已擺好飯菜，後面的小屋池畔欄杆上，還掛著件雪白的長袍。

難道這個女人真的是——

他禁止自己再想下去，在溫水中泡了半個時辰，再略進飲食後，他就又有了那種充實滿足，活力充沛的感覺，自覺已有足夠的力量面對一切。

就在這時，門已開了。

卓夫人站在門口，冷冷的看著他，美麗的眼睛充滿了譏誚之意，冷冷道：「你已準備好了？」

傅紅雪點點頭。

卓夫人道：「好，你跟我來。」

四

拔劍聲已停止，甬道中靜寂如墳墓。

卓夫人就在前面，腰肢柔軟，風姿綽約，顯得高貴而迷人。

可是此刻在傅紅雪眼中看來，她只不過是個普通的女人，和世上其他所有的女人都完全沒什麼不同。

因為他已完全冷靜，冷如刀鋒，靜如磐石。

他必須冷靜。公子羽就在前面一扇門裡等著他，這扇門很可能就是他這一生中走入的最後一扇門。

卓夫人已停下來，轉身看著他，忽然笑了笑，道：「現在你若想逃走，我還可以指點你一條出路。」

她的笑容高貴優雅，聲音溫柔甜蜜。

傅紅雪卻已看不見，聽不見，他推開門，筆直走了進去，走路的姿態還是那麼笨拙可笑。

可是世上已經沒有任何事能令他停下來。他手裡當然還是緊緊握著他的刀。

蒼白的手，漆黑的刀！

五

公子羽手裡沒有握劍，劍在他身旁的石台上。

鮮紅的劍，紅如鮮血。

他斜倚著石台，靜靜的等著傅紅雪走過來，臉上還是戴著可怕的青銅面具，冷酷的眼神，卻遠比面具更可怕。

傅紅雪卻好像沒有看見，既沒有看見這個人，也沒有看見這把劍，他已到了物我兩忘的境界，至少這是他對自己的要求——無生死，無勝負，無人，無我，這不但是做人最高深的境界，也正是武功中最高的境界。只有在心境完全空靈清澈時，才能使得出超越一切的刀法。不但要超越形式的拘束，還得要超越速度的極限。

他是不是真的能做到這一點？古往今來的宗師名匠們，有誰能做到這一點？

火炬高燃。

公子羽臉上的青銅面具，在閃動的火光下看來，彷彿也有了生命，表情彷彿也在變化。他的眼神卻是絕對冷靜的，忽然問道：「你是否已決定放棄？」

傅紅雪道：「放棄什麼？」

公子羽道：「放棄選擇見證的權利！」

傅紅雪沉默著，過了很久，才緩緩道：「我只想找一個人。」

公子羽道：「誰？」

傅紅雪道：「一個鐵櫃中的老人。」

公子羽的眼睛裡忽然起了種奇怪的變化，可是立刻又恢復冷靜，道：「我不知道你說的是誰？」

其實他當然知道的，可是傅紅雪並沒有爭論，立刻道：「那麼我放棄。」

公子羽彷彿鬆了口氣，道：「既然如此，就只好讓我找的六個人來做見證了。」

傅紅雪道：「很好。」

卓夫人道：「第一個人就是我，你反不反對？」

傅紅雪搖搖頭。

公子羽道：「第二位是陳大老闆。」

門外立刻有人高呼！

「請陳大老闆。」

能夠爲這一戰作見證的人，當然都很有身分，有這種資格的人並不多。

可是這位陳大老闆看來卻是個平凡而庸俗的人，肥胖的圓臉上雖然帶著很和氣的笑容，卻還是掩不住心裡的畏懼。公子羽道：「你當然是認得這位陳大老闆的。」

傅紅雪道：「我想，這位陳大老闆也認得你。」

陳大老闆立刻陪笑道：「我認得，一年前我們就已在鳳凰集上見過面。」

——荒涼的死鎮，破舊的招牌在風中搖曳。

——陳年老酒。

——陳家老店。

傅紅雪當然認得這個人，但是他卻好像完全不聞不見。

公子羽也不在意，卻淡淡的問陳大老闆：「你們很熟？」

陳大老闆道：「不能算很熟，左右只見過一次面。」

公子羽道：「只見過一次，你就記得！」

陳大老闆遲疑著，道：「因爲自從這位客官到過小店後，小店就毀了，鳳凰集也毀了，我……」

他好像忽然覺得喉嚨乾澀，不停的咳嗽起來，咳得滿頭青筋暴露，眼睛裡卻彷彿有淚流下。

幸好公子羽已揮了揮手，道：「請坐。」

卓夫人立刻扶住他，柔聲道：「我們到那邊去坐，留得青山在，不怕沒柴燒，過去了的事，你也不必再放在心上。」

陳大老闆道：「我不……不會……」

一句話沒有說完，竟放聲大哭了起來。

當世無敵的兩大高手決鬥，做見證的卻在嚎啕大哭，這種事倒也少見。

公子羽聲色不動，淡淡道：「陳老闆不但老實敦厚，而且見多識廣，做見證正是再好也沒有的了！」

傅紅雪道：「是。」

他說得很平靜，好像這本來就是理所當然的事。

公子羽也並沒有露出失望之色道：「第三位是藏珍閣的主人倪寶峰倪老先生。」

門外也立刻有人高呼！

「請倪老先生。」

一個錦衣華服的老人昂首而入，看著傅紅雪時，眼睛裡充滿怨毒和仇恨。

無論什麼樣的人，若是看見殺了自己兒女的人就站在自己面前，還能一聲不響的坐下來，已經不是件容易事。

倪寶峰已坐了下去，坐在淚流滿面的陳大老闆旁，眼睛還是在瞪著傅紅雪。

公子羽道：「倪老先生是武林前輩，不但識寶，而且識人。」

傅紅雪道：「我知道。」

公子羽道：「能夠請到倪老先生來做我們的見證，實在是我們的榮幸。」

傅紅雪道：「是。」

公子羽道：「我請來這三位見證你都不反對？」

傅紅雪搖搖頭。

公子羽道：「高手相爭，正如國手對弈，一著之失，滿盤皆輸，所以連心情都受不得半點影響。」

傅紅雪道：「我知道。」

公子羽道：「他們都沒有影響你？」

傅紅雪道：「沒有。」

公子羽看著他，眼睛裡居然還沒有露出絲毫失望之色。

傅紅雪臉上也完全沒有表情。這三人是他的仇人也好，是他的情人也好，是哭也好，是笑也好，他全不放在心上，因爲他根本聽而不聞，視而不見。

這次決鬥是公平也好，不公平也好，他也全不在乎。

卓夫人遠遠的看著他，倪寶峰和陳老闆也看著他，每個人的神色都很奇怪，也不知是驚奇，是畏懼？還是佩服？

公子羽卻仍然神色不動，道：「第四位是九華山的如意大師。」

門外當然有人高呼！

「請如意大師。」

看見這人慢慢的走進來，傅紅雪的臉色就變了，就好像一直不敗的堤防，突然崩潰。

廿五　最後一戰

一

昔在九江上，遙望九華峰。
天河掛綠水，秀出九芙蓉。
我欲一揮手，誰人可相從。
君為東道主，於此臥雲松。

——李白——

九華山在安徽青陽西南四十里，即漢時涇縣，陵陽二地。三國時孫吳分置臨城縣境，至隋廢，唐置青陽縣，以在青山之陽爲名，屬池州府，青山在縣北五里，逾梅家嶺，與貴池接壤。

九華山南望陵陽，西朝秋浦，北接五溪大通，東際雙峰龍口，昔名九子山。唐李白遊九子山，見其山峰並峙，如蓮開九朵，改之爲九華山。

書籍上有記載：「舊名九子山，唐李白以九峰如蓮花削成，改之爲九華山。」

青陽縣誌上也有記載：「山近縣西四十里，峰之得名者四十八，巖十四，洞五，嶺十一，泉十八，源二，其餘台石池澗溪潭之屬以奇勝名者不一。」

「知行合一」的王陽明曾讀書於此山中，與李白書堂並名千古。

詩仙李白「改九子山爲九華山聯句」有序。

「……太史公南遊，略而不書，事絕故老之口，復闕名賢之紀，雖靈仙往復而賦詠筆墨間，予乃削其舊號，加以九華之目，時訪道江漢，憩於夏侯迴之堂，開簷岸幘，坐眺松雪，因與二三子聯句，傳之將來。」

他們的詩是這樣的：

「妙有分二氣，靈山開九華。——李白。
層標遏遲日，半壁明朝霞。——高霽。
積雪曜陰壑，飛流噴陽崖。——韋權輿。
青熒玉樹色，縹緲羽人家。——李白。」

九華山不但是詩人吟詠之地，也是佛家的地藏王道場。

地藏十輪經：「安忍不動如大地，靜慮深密如盡藏。」取名地藏。

大乘佛經上記載的是：「地藏受釋尊付囑，令救度六道眾生，決不成佛，常現身地獄中，以救眾生之苦難，世稱幽冥教主。」

地藏本願經二卷，唐實義難陀譯，經中記載：「佛昇忉利天爲母說法，後召地藏大士永爲幽冥教主，使世上有親者皆得報本薦親，咸登極樂。」

這本書多說地獄諸相及追薦功德，爲佛門的孝經。

經中又說地藏菩薩救渡眾生，不空誓，不成佛之弘願，故名「地藏本願」。

所以「九華劍派」不但劍術精絕，同時也有詩人的浪漫，和佛家的玄秘。

武林中有七大劍派，九華山並不在其內，因爲九華山門下的弟子本就極少，行蹤更少出現在江湖。

多年前江湖中就已盛傳九華派已與幽冥教合併，同時供奉的兩位祖師，一位是地藏王菩薩，另一位就是詩酒風流，高絕千古的李白。

據說這位青蓮居士不但是詩仙，也是劍仙，九華的劍法，就是他一脈相傳，直到千百年後，江湖中又出現位奇俠李慕白，也是九華派的嫡系。

這些傳說使得九華派在江湖人心目中變得更神秘。九華門下的弟子，行蹤也更詭秘，近年來幾乎已絕跡於江湖。

但這些卻還都不是讓傅紅雪吃驚的原因，令他吃驚的，是如意大師這個人。

如意大師著白袍，登芒鞋，赤足，摩頂，神情嚴肅，眸子有光，看來無疑是位修爲極深的出家人，一位出家的女人。

她看來彷彿已近中年，身材適中，容貌端正，舉止規矩有禮，一張表情嚴肅的臉上，並沒有什麼特別吸引人的地方，更沒有足以令人吃驚之處，無論任何人眼中看來，她只不過是個修爲嚴謹的中年尼姑，和佛門中其他千千萬萬個謹守清規的尼姑並沒有什麼不同。

可是在傅紅雪眼中看來，就完全不同了。

她的容貌雖平凡端莊，一雙玉手美如春蔥，柔若無骨。她赤著芒鞋，不著鴉頭襪，露出一雙底平趾斂的如霜雪白玉足，更美得令人目眩。她的白布僧袍寬大柔軟，一塵不染，遮蓋著她絕大部份身體。

沒有人會去幻想一個修爲嚴謹的中年尼姑，在僧袍下的胴體是什麼樣子的。

傅紅雪卻不能不想。

——欄杆上的潔白僧袍，浴池中的豐美胴體，黑暗中的呻吟呼吸，溫暖光滑的擁抱，還有那雙牽引他進入夢境的手。

他竟不能不將眼前這個道貌岸然的出家人，和昨夜那個成熟而充滿渴望的女子聯想在一起，雖然他一直禁止自己去想，但卻偏偏不能不想。

雖然他對一切事都已能不聞不問，無動於衷，可是這規矩嚴肅的中年尼姑，卻使得他的方寸大亂，他已感覺到自己的嘴唇發乾，心跳加速，幾乎無法控制。

如意大師只淡淡的看了他一眼，端莊嚴肅的臉上，還是全無表情。

傅紅雪幾乎忍不住要衝過去，撕開她的僧衣，看看她是不是昨夜那個女人，可是他還是勉強忍耐住。

他彷彿聽見她在問：「這位就是名滿天下的傅紅雪施主？」

他彷彿聽見自己的聲音在回答：「是的，我就是傅紅雪。」

卓夫人看著他們，眼睛裡的表情狡黠而詭譎。

——她是不是已知道他們的事？

她忽然笑道：「大師駐錫九華，想不到居然也知道傅大俠的名聲。」

如意大師道：「貧僧雖然身在方外，對江湖中的事，卻並不十分生疏。」

卓夫人又問道：「大師以前是不是見過他？」

如意大師沉吟著，居然點了點頭，道：「彷彿見過一次，只是那時天色昏黑，並沒有看清楚。」

卓夫人笑道：「大師雖然看不清他，他卻一定看清了大師的。」

如意大師道：「哦？」

卓夫人笑得更神秘，道：「因爲這位傅大俠是夜眼，在黑暗中視物，也可以明察秋毫。」

如意大師的臉上，彷彿起了種奇怪的變化。

傅紅雪的心也在往下沉。昨夜在黑暗中，他並沒有看清她，只不過隱約的看出了她的胴體的輪廓。

他一直沒有想到這一點，現在才發現他的眼力不知不覺中已受到損傷，那一定是他在見到鐵櫃中那老人以後的事。

難道那老人的眼睛裡，竟有種可以令人感覺變得遲鈍的魔力？他為什麼不讓傅紅雪看見黑暗中那個女人？她為什麼要在黑暗中等待？

這兩人之間，究竟有什麼樣的神秘關係，公子羽為什麼直到現在還不肯露出真面目？

還有那柄鮮紅的劍。這柄劍怎麼會到了公子羽手裡？劍在他手裡，燕南飛的人呢？

陳老闆的哀慟，倪寶峰怨毒的眼神，忽然也變得令他無法忍受。

他的心又亂了。他不能忘記昨夜的事，也不能將一個活生生的女人當作工具。

最後的兩位見證也被公子羽請了進來，傅紅雪竟沒有注意這兩人是誰。

二

火炬高燃，石台上亮如白晝。

傅紅雪終於走上了石台，手裡緊緊握著他的刀，比平時握得更緊。在他悲傷煩惱，痛苦無助時，只有這把刀，才能給他安定的力量。

對他說來，這把刀遠比盲者的明杖更重要，他的人與刀之間，已經有了種奇異的感情，一種永遠沒有任何人能了解的感情，不但互相了解，而且互相信任。

公子羽凝視著他，一字字緩緩道：「現在你已隨時可以拔刀。」

現在他的劍已在手。無論誰都看得出，他遠比傅紅雪更有信心。

傅紅雪忽然道：「你能不能再等一等？」

公子羽眼睛裡露出譏誚之意，道：「我可以等，只不過無論再等多久，勝負也不會有所改變的。」

傅紅雪沒有聽他說完這句話，忽然轉身走下石台，走到如意大師面前。

如意大師抬頭看著他，顯得驚訝而疑惑。

傅紅雪道：「大師來自何處？」

如意大師道：「來自九華。」

傅紅雪道：「王子來自何方？」

如意大師道：「來自新羅。」

傅紅雪道：「他捨棄尊榮，爲的是什麼？」

如意大師道：「捨身學佛。」

傅紅雪道：「既然捨身學佛，爲何誓不成佛？」

如意大師道：「只因普渡眾生。」

她神情已漸漸寧靜，神情也更莊嚴，別人卻根本聽不懂他們在說什麼。

原來唐時高宗曾發兵助新羅平亂，新羅王子金喬覺捨尊榮，來華學佛，獨上九華駐錫修道，一生事蹟與地藏顯現者無異，唐德宗貞元十一年金氏圓寂，臨終時形顯如地藏王菩薩本像，世傳以肉身得道，於峰頭建肉身殿塔。殿塔四面玲瓏，金碧璀璨，四隅有銅缸，多作硃砂翡翠色，中儲神燈聖油，可賜人清寧安靜。九華弟子多隨身而帶。

傅紅雪又問道：「王子於今何在？」

如意大師道：「仍在九華。」

傅紅雪道：「王子普渡眾生，大師呢？」

如意大師道：「貧尼亦有此願。」

傅紅雪道：「既然如此，但望大師賜福，使我心清寧安靜。」

如意大師雙掌合什，道：「是。」

她果然從懷中取出個檀木小瓶，傾出幾滴聖油，在傅紅雪面頰和手背上輕輕摩擦，口中喃喃低呢佛號，又問道：「你有何願？」

傅紅雪曼聲而吟：「安忍不動如大地，靜慮深密如秘藏。」

如意大師以掌心輕拍他的頭頂，道：「好，你去。」

傅紅雪道：「是，我去。」

他抬起頭，蒼白憔悴的臉上已發出了光；不是油的光，是一種安詳寧靜的寶光。

他再次走上石台，走過卓夫人面前時，忽然道：「現在我已知道了。」

卓夫人道：「知道什麼？」

傅紅雪道：「知道是你。」

卓夫人臉色驟然變了，道：「你還知道什麼？」

傅紅雪道：「該知道的都已知道。」

卓夫人道：「你……你怎會知道的？」

傅紅雪道：「靜慮深密如秘藏。」

他走上石台，面對公子羽，不但靜如磐石，竟似真的已如大地般不可撼動。

公子羽握劍的手背上已暴出青筋。

傅紅雪看著他，忽然道：「你已敗過一次，何必再來求敗？」

公子羽瞳孔收縮，忽然大喝，劍已出鞘，鮮紅的劍光，如閃電飛虹。

只有眼力最利的人，才能看得出飛虹閃電中彷彿有淡淡的刀光一閃。

「叮」的一響，所有動作突然凝結，大地間的萬事萬物，在這一瞬間似已全部停頓。

傅紅雪的刀已入鞘。

公子羽的劍就在他咽喉的方寸之間，卻沒有刺下去，他的整個人也似已突然凝結僵硬。

然後他面上的青銅面具就慢慢的裂開，露出了他自己的臉。

一張英俊清秀的臉，卻充滿了驚駭與恐懼。

又是「叮」的一響，面具掉落在地上，劍也掉落在地上。

這個人赫然竟是燕南飛。

火光仍然閃動不息，大殿中卻死寂如墳墓。

燕南飛終於開口，道：「你幾時知道的？」

傅紅雪道：「不久。」

燕南飛道：「你拔刀時就已知道是我？」

傅紅雪道：「是的。」

燕南飛道：「所以你已有了必勝的把握。」

傅紅雪道：「因爲我的心中已不亂不動。」

燕南飛長長嘆息，黯然道：「你當然應該有把握，因爲我本就應該死在你手裡。」

他拾起長劍，雙手捧過去，道：「請，請出手。」

傅紅雪凝視著他，道：「現在你的心願已了？」

燕南飛道：「是的。」

傅紅雪淡淡道：「那麼你現在就已是個死人，又何必我再出手？」

他轉過身，再也不看燕南飛一眼。

只聽身後一聲嘆息，一滴鮮血濺過來，濺在他的腳下。

他還是沒有回頭，蒼白的臉上卻露出種無可奈何的悲傷。

他知道這結果。有些事的結果，本就是誰都無法改變的，有些人的命運也一樣。

他自己的命運呢？

第一個迎上來的是如意大師，微笑道：「施主勝了。」

傅紅雪道：「大師真的如意？」

如意大師沉默。

傅紅雪道：「既然大師也未必如意，又怎知我是真的勝了？」

如意大師輕輕嘆了口氣，道：「不錯，是勝是負？是如意？是不如意？又有誰知道？」

她雙手合什，低喃佛號，慢慢的走了出去。

傅紅雪抬起頭時，大廳中忽然已只剩下卓夫人一個人。

她正在看著他，等他轉過頭，才緩緩道：「我知道。」

傅紅雪道：「你知道？」

卓夫人道：「勝就是勝，勝者擁有一切，負者死，這卻是半點也假不得的。」

她也嘆了口氣，道：「現在燕南飛已死，你當然已……」

傅紅雪打斷了她的話，道：「現在燕南飛已死，公子羽呢？」

卓夫人道：「燕南飛就是公子羽。」

傅紅雪道：「真的是？」

卓夫人道：「難道不是？」

傅紅雪道：「絕不是。」

卓夫人笑了，忽然伸手向背後一指，道：「你再看看那是什麼？」

他的背後是石台，平整光滑的石台忽然裂開，一面巨大的銅鏡正緩緩自台下升起。

傅紅雪道：「是銅鏡。」

卓夫人道：「鏡中還有什麼？」

鏡中還有人。傅紅雪正站在銅鏡前，他的人影就在銅鏡裡。

卓夫人道：「現在你看見了什麼？」

傅紅雪道：「看見了我自己。」

卓夫人道：「那麼你就看見了公子羽，因爲現在你就是公子羽。」

傅紅雪沉默。她說他就是公子羽，他居然沉默。

有時沉默雖然也是種無聲的抗議，但通常都不是的。

卓夫人道：「你絕頂聰明，從如意大師替你擦油在手上，就猜出昨夜的女人不是她，是我。」

傅紅雪依然沉默。

卓夫人道：「所以現在你一定也能想得到，爲什麼你就是公子羽。」

傅紅雪忽然道：「現在我真的就是公子羽？」

卓夫人道：「至少現在是的。」

傅紅雪道：「要到什麼時候才不是？」

卓夫人道：「直到江湖中又出現個比你更強的人，那時……」

傅紅雪道：「那時我就會像今日之燕南飛。」

卓夫人道：「不錯，那時你非但不是公子羽，也不再是傅紅雪。那時你就已是個死人。」

她笑了笑，笑得嫵媚甜蜜：「可是我相信十年之內江湖中絕不會再出現比你更強的人，所以現在這一切都已是你的，你可以盡情享受所有的聲名和財富，也可以盡情享受我。」

傅紅雪的刀已握緊，道：「你永遠是公子羽的女人？」

卓夫人道：「永遠是。」

傅紅雪盯著她，手握得更緊，握著他的刀。

他忽然拔刀。刀光一閃，銅鏡分裂，就像燕南飛臉上的青銅面具般裂成兩半，銅鏡倒下時，就露出了一個人；一個老人。

三

銅鏡後是間精雅的屋子，角落裡有張華麗的短榻。

這老人就斜臥在榻上。他已是個很老很老的人，可是他的一雙眼睛卻像是已受過天地間諸魔群鬼的祝福，仍然保持著年輕。這雙眼睛，就是傅紅雪在鐵櫃裡看到過的那雙眼睛。

這雙眼睛此刻正在看著他。

傅紅雪的刀已入鞘，刀鋒似已在眼裡，盯著他道：「世上只有一個人知道真正的公子羽是誰。」

老人道：「誰知道？」

傅紅雪道：「你。」

老人道：「爲什麼我知道？」

傅紅雪道：「因爲你才是真正的公子羽。」

老人笑了。笑並不是否認，至少他這種笑絕不是。

傅紅雪道：「公子羽所擁有的名聲權力和財富，絕不是容易得來的。」

世上本沒有不勞而獲的事，尤其是名聲，財富和權力。

傅紅雪道：「一個人對自己已經擁有著的東西，一定很捨不得失去。」

任何人都如此。

傅紅雪道：「只可惜你已老了，體力已衰退，你要想保持你所擁有的一切，只有找一個人代替你。」

公子羽默認。

傅紅雪道：「你要找的，當然是最強的人，所以你找上了燕南飛！」

公子羽微笑道：「他的確很強，而且還年輕。」

傅紅雪道：「所以他經不起你的誘惑，做了你的替身。」

公子羽道：「他本來一直做得很好。」

傅紅雪道：「只可惜他敗了，在鳳凰集，敗在我的刀下。」

公子羽道：「對他來說，實在很可惜。」

傅紅雪道：「對你呢？」

公子羽道：「對我一樣。」

傅紅雪道：「一樣？」

公子羽道：「既然已經有更強的人可以代替他，我爲什麼還要找他？」

傅紅雪冷笑。

公子羽道：「可是我答應他，只要他能在這一年中擊敗你，他還是可以擁有一切！」

他再強調：「我是要他擊敗你，並不是要他殺了你。」

傅紅雪道：「因爲你要的是最強的人。」

公子羽道：「是的。」

傅紅雪道：「他認爲我的刀法中，最可怕的一點就是拔刀。」

公子羽道：「所以他苦練拔劍，只可惜一年後他還是沒有把握能勝你。」

傅紅雪道：「所以他更想得到大悲賦和孔雀翎。」

公子羽道：「所以他錯了。」

傅紅雪道：「這也是他的錯？」

公子羽道：「是！」

傅紅雪道：「爲什麼？」

公子羽道：「因爲他不知道這兩樣東西早已在我手裡。」

傅紅雪閉上了嘴。

公子羽道：「他也不知道，這兩樣東西根本沒有傳說中那樣可怕，他縱然能得到，還是未必能有取勝把握。」

傳說中的一切，永遠都比真實的更美好。傅紅雪明白這道理。

公子羽道：「我早已看出你比他強，因爲你有種奇怪的韌力。」

他解釋：「你能忍受別人無法忍受的痛苦，也能承受別人無法承受的打擊。」

傅紅雪道：「所以這一戰你本就希望我勝。」

公子羽道：「所以我才會要卓子陪你，我不想你在決戰時太緊張。」

傅紅雪又閉上了嘴。現在他終於已明瞭一切，所有不可解釋的事，在這一瞬間忽然都已變得很簡單。

公子羽凝視著他道：「所以你現在已是公子羽。」

傅紅雪道：「我只不過是公子羽的替身而已。」

公子羽道：「可是你已擁有一切！」

傅紅雪道：「沒有人能真的擁有這一切，這一切永遠是你的。」

公子羽道：「所以……」

傅紅雪道：「所以我現在還是傅紅雪。」

公子羽的瞳孔突然收縮，道：「這一切你都不願接受？」

傅紅雪道：「是的。」

瞳孔收縮，手又收緊。握刀的手。

過了很久，公子羽忽然笑道：「你看得出我已是個老人。」

傅紅雪承認。

公子羽道：「今年你已有三十五、六？」

傅紅雪道：「三十七。」

公子羽道：「你知道我有多大年紀？」

傅紅雪道：「六十？」

公子羽又笑了。

一種很奇怪的笑，卻又帶著種說不出的譏誚和哀傷。

傅紅雪道：「你不到六十？」

公子羽道：「今年我也三十七。」

傅紅雪吃驚的看著他，看著他臉上的皺紋和蒼蒼白髮。

他不能相信。可是他知道，一個人的衰老，有時並非因爲歲月的消磨；有很多事都可以令人老。

相思能令人老，憂愁痛苦也可以。

公子羽道：「你知不知道我是因爲什麼老的？」

傅紅雪知道。一個人的慾望若是太多，太大，就一定會老得很快。慾望就是人類最大的痛苦。

他知道，但是他並沒有說出來——既然已知道，又何必再說出來。

公子羽也沒有再解釋。他知道傅紅雪一定已明白他的意思。

「就因爲我想得太多，所以我老，就因爲我老，所以我比你強。」

他說得很婉轉：「你若不是公子羽，你也就不再是傅紅雪。」

傅紅雪道：「我是個死人？」

公子羽道：「是的。」

傅紅雪坐了下來，坐在短榻對面的低几上。

他很疲倦。經過了剛才那一戰，只要是個人，就會覺得很疲倦。

可是他心裡卻很振奮，他知道必將有一戰，這一戰必將比剛才那一戰更兇險。

公子羽道：「你還可以再考慮考慮。」

傅紅雪道：「我不必。」

公子羽在嘆息，道：「你一定知道我很不願讓你死。」

傅紅雪知道。要再找他這麼樣一個替身，絕不是件容易事。

公子羽道：「可惜我已沒有選擇的餘地。」

傅紅雪道：「我也沒有。」

公子羽道：「你什麼都沒有。」

傅紅雪不能否認。

公子羽道：「你沒有財富，沒有權力，沒有朋友，沒有親人。」

傅紅雪道：「我只有一條命。」

公子羽道：「你還有一樣。」

傅紅雪道：「還有什麼？」

公子羽道：「聲名。」

他又在笑：「你若拒絕了我，我不但要你的命，還要毀了你的聲名，我很有法子！」

傅紅雪道：「你好像什麼都有。」

公子羽也不否認。

傅紅雪道：「你有財富，有權力，手下的高手如雲。」

公子羽道：「我要殺你，也許並不需要他們。」

傅紅雪道：「你什麼都有，只少了一樣。」

公子羽道：「哦？」

傅紅雪道：「你已沒有生趣。」

公子羽在笑。

傅紅雪道：「就算公子羽的聲名能永遠長存，你也已是個死人。」

公子羽的手也握緊。

傅紅雪道：「沒有生趣，就沒有鬥志。所以你若與我交手，必敗無疑。」

公子羽還在笑，笑容卻已僵硬。

傅紅雪道：「你若敢站起來與我一戰，若能勝我，我就將這一生賣給你，也無怨言。」

他冷笑，接著道：「可是你不敢。」

他盯著公子羽。他的手裡有刀，眼睛有刀，話裡也有力。

公子羽果然沒有站起來。是因爲他真的站不起來？還是因爲卓夫人的手？她的手已按住了他的肩。

傅紅雪已轉過身，慢慢的走出去。

公子羽看著他走出去。

他走路的姿態，還是那麼奇特，那麼笨拙，可是別人看著他的時候，眼中卻只有崇敬。

無論誰看著他時都一樣。

他的手一直握緊著刀柄，卻沒有拔出來。

——我不殺你，只因為你已是個死人。

一個人的心若死了，就算他的軀殼還存在也沒有用的，他知道她為什麼按住公子羽，因為她不想再過這樣的日子。

她永遠是公子羽的女人。在她心中，真正的公子羽只有一個，永遠沒有別人能代替，不管他是老了也好，是死了也好，都永遠沒有別人能代替。

所以她願意為他做任何事。

這一點他是否能明白？要到幾時才明白？春蠶的絲為什麼一定要等到死時才能吐盡？

四

夕陽西下。傅紅雪站在夕陽下，站在孔雀山莊的廢墟前，暮色淒迷，滿目瘡痍。

他抽出一封素箋，擺在他朋友們的墳墓前。

雪白的紙，死黑的字。

這是公子羽的訃聞，傳遍天下的訃聞，無疑也震動了天下。

塵歸於塵，土歸於土，人總是要死的。

他長長吐出口氣，抬頭望天。暮色已漸深，黑暗已將臨。

他心裡忽然覺得說不出的平靜，因爲他知道黑暗來臨的時候，明月就將升起。

五

酒在杯中，杯在手中。

公子羽把酒面對小窗，窗外有青山翠谷，小橋流水。

一雙手按在他肩上，如此美麗，如此溫柔。

她輕輕在問：「你幾時才下定決心，肯這麼做的？」

「直到我真正想開的時候。」

「想開了什麼？」

「一個人活著是爲了什麼？」他的手也輕輕按在她的手上。「人活著，只不過爲了自己的心安快樂，若是連生趣都沒有，那麼就算他的聲名、財富和權力都能永遠保存，又有什麼用？」

她笑了。笑得那麼甜蜜，那麼溫柔。

她知道他真的想開了。

現在別人雖然都認爲他已死了，可是他卻還活著，真正的活著，因爲他已懂得享受生命。

一個人要能真正懂得享受生命，那麼就算他只能活一天，也已足夠。

「我知道公孫屠他們一定活不長的。」

「爲什麼？」

「因爲我已在他們心裡播下了毒種。」

「毒種？」

「那就是我的財富和權力。」

「你認爲他們一定會爲了爭奪這些而死？」

「一定。」

她又笑了。笑得更溫柔，更甜蜜。

她知道他爲什麼要如此做，因爲他要爲她贖罪；他一心要求自己的心安和快樂。

現在一切都已成過去。

他把酒，對青天，卻沒有再問明月何處有。

他已知道他的明月在何處。

六

一間寂寞的小屋，一個寂寞的女人。

她的生活寂寞而艱苦，可是她並無怨天，因爲她心安，她已能用自己的勞力去賺取自己的生活，已用不著去出賣自己。也許她並不快樂，可是她已學會忍受。

——生命中本就有許多不如意的事，無論誰都應該學會忍受。

現在一天又已將過去，很平淡的一天。

她提著籃衣服，走上小溪頭，她一定要洗完這籃衣服，才能休息。

她自己的衣襟上戴著串小小的茉莉花，這就是她唯一的奢侈享受。溪水清澈，她低頭看著，忽然看見清澈的溪水中倒映出一個人。

一個孤獨的人，一柄孤獨的刀。

她的心開始跳，她抬起頭就看見一張蒼白的臉。

她的心又幾乎立刻要停止跳動，她已久不再奢望自己這一生中還有幸福。可是現在幸福已忽然出現在她眼前。

他們就這樣互相默默的凝視著，很久都沒有開口，幸福就像是鮮花般在他們的凝視中開放。

此時此刻，世上還有什麼言語能表達出他們的幸福和快樂？

這時明月已升起。

明月何處有？

只要你的心還未死，明月就在你的心裡。

全書完。相關情節請續看《九月鷹飛》

飛刀・又見飛刀

【導讀推薦】

飛刀的神話

——《飛刀．又見飛刀》導讀

著名小說評論家及電影研究專家 陳墨

對所有「刀迷」而言，《飛刀．又見飛刀》是一個激動人心的題目：「又見飛刀」，是大家的心願！

「小李飛刀」不僅是一種兵器，而且已是一個神話。

「小李飛刀」也成了古龍小說的一個著名品牌。

所以在《多情劍客無情劍》之後，又有《九月鷹飛》、《邊城浪子》、《天涯．明月．刀》等「飛刀系列」。

《飛刀．又見飛刀》當然也是這一系列的作品。

與前述作品不同的是，這部作品先有電影、後有小說。

如同古龍的另一部作品《蕭十一郎》。

嚴格地說，這樣的小說應該叫做「電影武俠小說」。

因爲它實際上是由電影「改編」成小說，看似很討巧，其實要受更大的限制。首先是它的篇幅與容量不能太長、太大；其次是它的結構形式也必須精煉，人物不能太多，情節也不能太複雜，當然還必須符合電影蒙太奇的要求；再次是它的敍事要有畫面感，要形象化而不能太「寫意」。

古龍在寫作這部小說的時候，還受到另一種制約，那就是他的腕傷未癒，還不能寫太多的字，因而只能由他口述，請人代筆記錄。

這種寫作方式的變化，對小說當然會有不小的影響。

更需要說明的是，古龍在寫作這部小說時，身病心亦病，腕傷神更傷。妻子離去、朋友傷和、電影投資失利、小說創作力衰，有一段時間，古龍的日子過得很灰暗，心境當然更加灰暗。由是當然會更多地想到人生的不如意事以及生命的悲劇。這些在小說中都有或深或淺的反映。

這部小說雖然不是古龍的自傳，卻是他的一種心境的寫照。因而這部作品在古龍小說創作史和生命史上，都有重要的意義。

說罷背景，就該說這部小說本身了。

古龍爲這部電影和由此而來的小說，花了不少的心思。因爲愈是名牌系列，就愈需要別出心裁。

小說名爲《飛刀．又見飛刀》，我們在小說的開頭也果然見到了飛刀。但此飛刀非彼飛刀，不是我們想像或希望的那柄「小李飛刀」，小說中出現的是另一把飛刀：「月神飛刀」。

「小李飛刀」的傳人當然也出現了，但他們的飛刀卻沒有出手、也難以出手。這不僅出人意料，而且意味深長。該出現的偏偏不出現，不該出現的倒是出現了，這正是傳奇小說或電影的慣用手法。小李飛刀無論在李尋歡手裏，或是在葉開手裏，都是救人多而殺人少，正像小說開頭所說的那樣：「它已經不僅是一種可以鎭暴的武器，而是一種正義和尊嚴的象徵」。但在這部小說中出現的這把月神之刀卻是復仇與殺手之刀，成了一種痛苦與死亡的象徵。

這部小說講述的當然還是「小李飛刀」的傳人的故事，本書的主人公李壞是《多情劍客無情劍》中主人公李尋歡的孫子，同時又還是上官金虹的外孫。正因爲這樣，李壞的父親與母親雖然相愛卻不能真正地結合——他們之間有「殺父之仇」——李壞的不幸的浪子命運也就由此注定了。

李尋歡的一生都在追求以愛心消泯仇恨的目標，而他的兒子與其戀人卻被仇恨壓倒了愛情。

李尋歡的飛刀是不到萬不得已時不出手，而且總是救人多於殺人；李尋歡創出的「小李飛刀」的名聲固然在其飛刀本身的例不虛發，同時還在於他這個人的偉大人格與俠義心腸。而他的兒子李曼青、孫子李正，都無一例外地拿著這一飛刀到江湖上去找人挑戰，試圖闖出自己的

名聲來；結果李曼青誤殺薛青碧於傷痛中，以至引起薛家後人的復仇；李正卻因自我膨脹而被人削掉手指、成爲殘廢。

李尋歡的「小李飛刀」之名是實至名歸，李曼青、李正父子卻是爲名而戰，最後爲守空名而終身不歡。

李尋歡的飛刀戰無不勝，是因爲他有俠義在心；李曼青怯於一戰、李正更被人傷殘，是因爲他們已不再有其父祖的精神力量。

從而，這部小說不僅有一個好的故事，更有一個很深的主題。

小說的主人公李壞，若單獨來看似乎並無什麼特別之處，他無非是古龍筆下的又一個浪子形象而已。但若將他放在武林世家李氏家族的譜系中看，那就很有意思了。

在李氏家族的譜系中，他的名字不應是李壞，而是李善。可是他不認李善這個名字，偏要自稱李壞。

這裏有很多微妙之處。

李壞不願叫李善這個名字，首先是有怨氣。因爲他是被李家拋棄的，他甚至一度不知道自己姓甚名誰。其次是有些自卑，覺得自己已經很難再去做一個世家公子「李善」了。再次是因爲他有自知之明以及一種人生直覺：李壞這個名字有什麼不好？進而，李壞雖然不願叫李善，但卻沒有連姓「李」的權利也放棄或拒絕——這不僅是因爲他對李氏家族還沒有怨恨到不願姓其姓的程度，更主要的還是因爲每一個浪子其實都不願沒有根、都希望能找到自己的根。

這就爲小說最後的情節埋下了伏筆，也找到了充分的心理依據。

最後，李壞之所以願意叫李壞而不願叫李善，是因爲他明白叫李善的人未必就真「善」；正如叫李壞也未必就真「壞」。

——一個人的名字無非是一個符號而已。

——李壞不壞，正如李善未必善。

李壞的流浪經歷養成了他獨特的性格，他能忍受饑餓痛苦，能刻苦磨練自己；更能我行我素，做事不依常規。他未必喜歡流浪漂泊，但卻又不能忍受世家生活中那種冷淡的尊敬和莊嚴的約束。

爲了自由，他寧肯忍受浪子漂泊的痛苦。所以他從李家的深宅大院裡逃了出來。他的「我做我喜歡做的，不在乎別人說什麼」的人生追求，使他父親受到了深深的震動。

因爲這是他老人家想做而做不到的。

甚至連想也不敢想。

李壞真正的與眾不同之處或許還在於，當李家召喚他時，他又毅然前去；而且表示，不論他的父親叫他做什麼，他都會做。雖然他有怨有恨，而且也公開的發泄了這種怨與恨；雖然他已知道李家要他去與自己的愛人決鬥；雖然他也想逃避，但這一次他卻沒有逃避。

他嚮往自由，但卻並不逃避責任。

他有怨恨，但卻有更深的愛心。

流浪的生活使他的行爲不守規矩，卻使他保留了自己的真性情。

當然，李壞的行爲並非無懈可擊，他對方可可的利用與離棄就是一例。他並非不知道方可可對他的情意，但卻還是將自己的利益建立在方可可的痛苦之上。儘管方可可未必是一個多麼可愛的人，但她至少並不是一個可恨或可惡的人。李壞對她的行爲，雖然可以用「浪子行徑」來解釋，不過這種行爲總是一種不好的行爲。作者這樣寫李壞，正寫出了他的「不善」的一面，可以說是活化和豐富了浪子的形象。只不過，作者這樣寫李壞對可可的行爲，是一種反思、懺悔，還是一種發泄、報復，就只能由讀者自己去判斷了。

小說中寫到李曼青的「可以死，但不能敗」（因為他是「小李飛刀」的後代），是非常精彩的一筆。

李曼青這一人物形象也就有了深刻性。

他放任自己的情感，與上官金虹的女兒相愛，但又不能超越仇恨、擺脫世俗，我行我素；怕負責任，結果始亂終棄，使李壞母子不知受到了多少情感煎熬和生活艱辛。

他放任自己的欲望，要與薛青碧決鬥並終於使之喪命，雖有所悔恨，但卻又不能直面這一自己種下的惡果；反要李壞去代他決鬥，從而再一次將李壞拴進不幸命運的鎖鏈。

他並不老，但卻老態龍鍾，而且心灰意懶；他是「小李飛刀」的嫡傳，卻已不敢再舉起飛刀！

他的理由是「小李飛刀」只能勝、不能敗，他自己爲什麼不能去爭勝？

——是不是因爲他的膽氣不壯，只有飛刀之形、而無飛刀之神？

有形的飛刀可以傳代，無形的飛刀之神卻只有每一個後人自己去修煉才能獲得。

李尋歡是一個人格神，他的兒子卻只是一個普通的人。

一個普通的人卻要繼續書寫「小李飛刀」的神話，這種責任和使命對李曼青來說雖然是一種巨大的榮耀，卻又無疑是一種壓力和痛苦。

這就是李曼青性格之謎。也是小說情節的內在推動因素。

「又見飛刀」，但卻不是「小李飛刀」。

小說的結尾也很巧妙：李壞與月神飛刀的一戰如何了結、能不能避免，作者居然不作交代。

——作者將這一懸案留給了讀者去完成。

這不禁讓人想到金庸小說《雪山飛狐》的結尾處，胡斐對苗人鳳的那一刀到底是否砍下去？

所不同的是，胡斐面對的是愛侶苗若蘭的父親；而李壞卻要面對愛侶薛小姐本人。胡斐與苗人鳳之間的決鬥原不過是出於苗人鳳的誤會；而薛小姐與李壞之間卻有實實在在的殺父之仇。

李壞的父母之間正是因爲這種殺父之仇，而至於有情人不能成爲眷屬；現在李壞也有了兒子**（只不過他自己還不知道而已）**，這種惡性循環是否還會繼續下去？

是情愛戰勝仇恨，還是仇恨戰勝情愛？

這是一個問題。

是對父親家族的愛戰勝對情人愛侶之愛，還是情人之愛戰勝父親家族之愛？

這又是一個問題。

爲什麼人類總要面對這種情與仇、甚至情與情之間的矛盾衝突？

這當然更是一個問題。

這些問題都是人類常常要面對的。

它的答案要每個人自己去尋找。

所以小說的結尾就很有意思了：言已盡、意未終；引人深思、發人深省。

然而這部小說並非古龍的傑作。

原因之一是它的故事比較老套，復仇加情侶或情侶與仇家，這樣的故事從莎士比亞的《羅密歐與朱麗葉》之前就已有了，而當代的武俠小說中更是多得數不勝數。古龍雖然寫得很具匠心，但又受到電影篇幅的限制，不能展開；更受到電影表現形式的限制，只能以畫面敍事、以人物的行動來推動情節的發展，而不能對李曼青、李壞等主要人物的內心進行深入的挖掘。從而小說對人性的表現，無論是深度方面還是在細節方面都無法與古龍最好的小說相比。

古龍是一位語言天才，然在這部小說中，古龍的天才卻未能得到最佳的發揮。原因之一是他當時不能用手寫、而只能以口述，從而找不到那種天馬行空、行雲流水的感覺；原因之二則是他在發掘人的情感及心靈世界時受到限制，從而其「內力」得不到充分的發揮，他的（語言）「招式」也就受到極大的影響。據古龍在《關於飛刀》一文中說，這種影響包括：一是會忽略文字和故事的一些細節；二是對人性的刻畫及其情感的表達也不會有自己用筆去寫出來那種感覺；三是文字的精巧和細膩方面也會有一些欠缺；四是——好的一方面——一定不會有生澀苦悶冗長的毛病。

我們可以清楚地看到，許多地方古龍都只是點到爲止。還有許多地方甚至連「點」都沒到。這部小說的語言，很像小說中李曼青等人手中的「小李飛刀」，其形雖似，其神卻有很大欠缺。

——當然這是與古龍自己創造的作品相比。

——不管怎樣，「又見飛刀」總是我們「刀迷」的一件樂事！

在昔年某一個充滿了暴力邪惡動亂的時代裡，江湖中忽然有一種飛刀出現了，沒有人知道它的真正形狀和式樣，也沒有人能形容它的力量和速度。

在人們心目中，它已經不僅是一種可以鎮暴的武器，而是一種正義和尊嚴的象徵。這種力量，當然是至大至剛，所向無敵的。

然後動亂平息，它也跟著消失，就好像巨浪消失在和平寧靜的海洋裡。

可是大家都知道，江湖中如果有另一次動亂開始，它還是會出現的，依然會帶給人們無窮無量的信心和希望。

楔子

一

段八方身高七尺九寸，一身銅筋鐵骨十三太保橫練，外門功夫之強，天下無人能及。

段八方今年五十一歲，三十歲就已統領長江以北七大門派，四十二寨，並遙領齊豫四大鏢局的總鏢頭，聲威之隆，一時無倆。

至今他無疑仍是江湖中最重要的幾個人物之一，他的武功之高，也沒有幾個人能比得上。

可是他卻在去年除夕的前三天，遇到了一件非常奇怪的事。

遇見幾乎沒有人會相信的事。

段八方居然在那一天被一張上面只畫了一把小刀的白紙嚇死了。

二

除夕的前三天，急景凋年，新年已在望。

在這段日子裡，每一個羈留在外的遊子心裡都只有一件事，趕回去過年。

段八方也一樣。

這一天他剛調停了近十年來江湖中最大的一次紛爭，接受了淮陽十三大門派的衷心感激和讚揚，喝了他們特地爲他準備的真正瀘州大麴，足足喝了有六斤。

他在他的好友和扈從呼擁之下走出鎮海樓的時候，全身都散發著熱意，對他來說，生命就好像一杯乾不盡的醇酒，正在等著他慢慢享受。

可是他忽然死了。

甚至可以說是死在他自己的刀下，就好像那些活得已經完全沒有生趣的人一樣。

這樣一個人會發生這種事，有誰能想得到。

三

段八方是接到一封信之後死的，這封信上沒有稱呼，沒有署名。

這封信上根本一個字也沒有，只不過在那張特別大的信紙上用禿筆蘸墨勾畫出一把小刀，寫寫意意的勾畫出這把小刀，沒有人能看得出它的式樣，也沒有人能看得出它的形式，可是每個人都能看出是一把刀。

這封信是一個落拓的少年送來的，在深夜幽暗的道路上，雖然有幾許的餘光反照，也沒有人能看得出他的形狀和容貌。

幸好每個人都能看出他是一個人。

他從這條街道最幽暗的地方走出來，卻是規規矩矩的走出來的。

然後他規規矩矩的走到段八方面前，規規矩矩的把這封信用雙手奉給段八方。

然後段八方的臉色就變了，就好像忽然被一個人用一根燒紅的鐵條插入了咽喉一樣。

然後每個人的臉色都變了，甚至變得比段八方更奇特、詭秘、可怕。

因爲每個人都看見段八方忽然拔出了一把刀，用一種極熟練、極快速、乾淨俐落而且極殘酷的手法，一刀刺入了自己的肚子，就好像對付一個最痛恨的仇人一樣。

這種事有誰能解釋？

如果說這件事已經不可解釋，那麼發生在段八方身上的，另外還有一件事，遠比這件事更無法解釋，更不可思議，更不能想像。

段八方是在除夕的前三天橫死在長街上，可是他在大年初一那天，他還是好好的活著。

用另一種說法來說，段八方並不是死在除夕的前三天，而是死在大年初一的晚上。

一個人只有一條命，段八方也是一個人，爲什麼會死兩次？

四

送信來的落拓少年已經不知道到哪裡去了，段八方七尺九寸高，一百四十二斤重的雄偉軀幹，已經倒臥在血泊中。

沒有人能懂，誰也不知道應該說什麼。

第一個能開口的是淮陽三義中以鎮靜和機智著名的屠二爺。

「快，快去找大夫來！」他說。

其實，他也知道找大夫已經沒有用了，現在他們最需要的是一口棺材。

棺材由水陸兼程並運，運回段八方的故鄉時，已經是黃昏了。

大年初一的黃昏。

大年初一，母親沾滿油膩的雙手，兒童欣喜的笑臉。

大年初一，新衣、鮮花、臘梅、鮮果、爆竹、餃子、元寶、壓歲錢。

大年初一，祝福、喜樂、笑聲。

大年初一是多麼多姿多彩的一天，可是八方莊院得到的卻是一口棺材。

這口棺材雖然價值一千八百兩白銀，可是棺材畢竟是棺材。

在這時候來說，沒有棺材絕對比有棺材好。

五

八方莊院氣象恢宏，規模壯大，屋子櫛比鱗次，也不知道有多少棟多少層。

八方莊院的大門高兩丈四尺，寬一丈八尺，漆朱漆，飾金環，立石獅。

棺材就是由這扇大門抬進來的，由卅六條大漢用長槓抬進來的。

卅六條大漢穿白麻衣，繫白布帶，赤腳穿草鞋，把一口閃亮的黑漆棺材抬到院子裡，立刻後退，一步步向後退，連退一百五十六步，退出大門。

然後大門立刻關上。

後院中又有卅六條大漢以碎步奔出，抬起了這口棺材，抬回後院。

後院中還有後院。

後院的後院還有後院。

最深最後的一重院落裡，庭院已深深，深如墨。

黑色的庭院裡，只有一點燈光，一點燈光，襯著一片慘白。

靈堂總是這樣子的，總是白得這麼慘。

卅六條大漢把棺材抬入靈堂裡，擺在一個個面色慘白的孤兒寡婦面前，然後也開始向後退，一步步用碎步向後退。

他們沒有退出門口。

從那些看起來好像一陣風就能把他們吹倒的孤兒寡婦手裡，忽然發出幾十縷淡淡如鵝黃色的閃光之後，這卅六條鐵獅般的大漢就忽然倒了下去。

一倒下去就死了。

就在他們身體接觸地面的一刹那間就已經死了，一倒下去就永遠不會再起來。

段八方有妻，妻當然只有一人。

段八方有妾，妾有廿九。

段八方有子，子有四十。

段八方有女，女十六。

現在在靈堂中的，除了他的妻妾子女八十六人之外，還有兩個人。

兩個看起來已經很老很老很老的人，好像已經應該死過好多好多好多次的人，臉上完全沒有一點表情。

只有刀疤，沒有表情。

可是每一條刀疤，也可以算是一種表情，一種由那些充滿了刀光劍影，熱血情仇恩怨的往事所刻劃的悲傷複雜的表情。

千千萬萬道刀疤，就是千千萬萬種表情。

千千萬萬種表情，就變成了沒有表情。

黑暗的院落，本來也只有一點燈光，燈光就在靈堂裡，靈柩前，靈案上。

忽然間，也不知從哪裡有一陣陰慘慘的涼風吹來，忽然間燈光就滅了。

等到燈光再亮起時，棺材已不見。

六

密室是用一種青色的石磚砌成的，一種像死人骨骼般的青色。

燈光也是這種顏色。

兩個老人抬著棺材走進來，密室的密門立刻自動封起，老人慢慢的放下棺材，靜靜的看著這口棺材，臉上的刀疤和皺紋看來更深了，彷彿已交織成一種淒艷而哀怨的圖案。

他們靜靜的站在那裡看了很久，沒有人能看得懂他們臉上的圖案，所以也沒有人知道他們心裡在想什麼，要做什麼。

他們也做了一件讓人絕對想不到的事：

因爲他們忽然一頭撞死在石壁上。

燈光閃爍如鬼火。

棺材的蓋子居然在移動，輕輕的慢慢的移動，然後棺材裡伸出了一隻手。

這隻手輕輕的慢慢的推開了棺材，然後段八方就從棺材裡站了起來。

他環顧密室，臉上不禁露出了欣慰而得意的笑容。

因爲他知道他現在已經絕對安全了。

現在江湖中每個人都知道他已經橫刀自刎於某地的長街上，他生前所有的恩怨仇恨都已隨著他的死亡而勾消了。

現在再也沒有人會來追殺報復了，因爲他已經是個死人。

一個還好好的活在這個世界上的死人。

這個秘密當然不會洩露，所有知道這個秘密的人都已經死了，真的死了。

還有什麼人的嘴比死人的嘴更穩。

段八方長長的吐出一口氣，拉起了石壁上的一枚銅環，拉開了石壁上的另一道密門，然後他的臉色就忽然變了。

他以爲他可以看到他早已準備好的糧食、水酒、服飾、器皿。

可是他沒有看到。

他以爲再也看不到追殺報復他的人了。

可是他看到了。

他的臉色慘變，身體的機能反應卻沒有變。

他的肌肉彈性和機智武功都保持在最巔峰的狀況，隨時都能夠在任何情況下，用一根針刺穿一隻蚊子的腹。

只可惜這一次他的反應卻不夠快。

他開始動作時，已經看到了刀光。

飛刀。

他知道他又看見了飛刀，無論他用什麼方法，無論怎麼躲都躲不了的飛刀。

所以他死了。

一個人用自己預藏在身邊的一把刀，一刀刺在自己的肚子上，縱然血流滿地，也未必是真的死。

刀是可以裝機簧的。

可是他這一次看見的是飛刀，例不虛發的飛刀。

所以這一次他真的死了。

於是江湖中又見飛刀。

第一部

浪子的血與淚

一 歸來

一

山城。

這個小城在遠山，遠山在千里外。

李壞又回去了，回到了這座城。

這裡的風沙黃土和這裡的人，他都久已熟悉。

因爲他是在這裡長大的，他是個浪子，他沒有根，他的童年也只不過是一連串噩夢而已，可是在他噩夢中最不能忘懷的還是這個地方。

饅頭鋪並不一定只賣饅頭，老張被人叫做老張的時候也並不老。

可是現在他老了。

每天他總是用他那發昏的老眼，看著沙塵滾滾的衝過，總好像奇蹟隨時會在這條他已經居留了幾十年的街道上出現一樣。

他永遠也想不到的奇蹟竟會在今天出現了。

他看見一個風塵僕僕的少年人，穿一身灰撲撲的衣裳，懶洋洋的走到他那間小店門口的饅頭攤子前。

饅頭籠子裡正在冒著熱氣騰騰的白煙，迷漫了老張的老眼。

他只能看得見這個少年人是個蠻好看的少年人，有一雙精銳的眼，有一種很特別的樣子。

老張從來沒有看過這種樣子，他敢說這個少年人一定從來沒有到這裡來過。

「客官。」老張問：「現在小店的灶還沒有開，可是包子、饅頭、滷菜都是現成的，客官你想吃什麼？」

「我想吃你。」

這個少年以一種很溫和的語氣對他說出了這麼樣的一句話，這句話可真是讓老張吃了一驚。

「你要吃我？」老張簡直嚇呆了：「你爲什麼要吃我？我有什麼好吃的？」

「你當然好吃。」這個少年說：「如果我不吃你，我怎麼能活到現在？」

老張吃驚的看著他，忽然笑了，大笑，笑得比看見了什麼都開心。

「原來是你，你這個小壞蛋！」老張笑得臉上每一條皺紋都打起了摺子：「你以前天天吃我，吃了我好幾年，好幾年不見，你還要來吃我？」

「我不吃你吃誰呢?」

這個少年人真絕，不但說的話絕，做的事更絕。

他居然真的把老張饅頭攤子上的籠子打開了，把籠子裡所有的包子饅頭全部拿了出來，而且真的全都吃了下去。

「你真吃?」

「我當然真吃。」

老張又笑了:「你記不記得你十一歲生日的那一天，半夜裡偷偷的溜進來吃了我多少包子?想不到今天你比那天吃得更多。」

「我是練出來的。」

這個少年的笑容好像變得有點感傷了:「一個從六個月大就開始挨餓的人，別的事練不出來，這種事總可以練出來的。」

「你吃吧!」老張故意嘆了一口氣:「你儘管吃，反正我已經被你吃習慣了。」

「你當然也習慣了不收我的錢。」

「你既然已習慣不給，我當然也只好習慣不收。」老張苦笑:「反正我也收不到。」

可是老張在說這句話時，卻好像跟他習慣上說話的樣子有點不一樣。

因爲他忽然看見了一件很少看到的事。

在這條沙塵滾滾的路街上，忽然有四個圓臉、圓眼、圓髻的小孩子，身上穿一身大紅色的圓袍，頸上帶一隻黃澄澄的金環，腕上帶一對亮閃閃的寶鐲，耳上穿一雙金環，用一雙圓圓的白白胖胖的小手，捧著一面圓盤，圓盤上圓圓的堆滿了無數圓圓的金元寶，圓圓的笑臉上，掛著一對圓圓的酒窩，往這個四四方方的饅頭店這邊走過來。

老張傻了。

他從沒有看見過這樣的人出現在這裡。

可是一個圓圓的小孩子，卻不但真的走到他這裡來，而且還把四個圓圓的盤子捧到他面前。

老張看著盤子上一堆堆圓圓的金元寶，眼睛也圓了。

「這是什麼意思？」他問這個少年：「難道這些元寶是你叫人送給我的？」

「元寶？什麼元寶？哪裡來的元寶？我連一個元寶也沒看見！」

「你看見了什麼？」張老頭兇巴巴看著這個故意在裝傻的少年：「你看到的不是元寶是什麼？」

「我只看見了饅頭。」這少年說：「只可惜你給我吃的饅頭救了我的命，我給你的饅頭卻是吃不得的。」

「我明白你的意思。」

老張這次真的嘆了一口氣。

「你要報答我，你以前就說過你要一百倍一千倍來報答我。」老張說：「那時候我就相信你總有一天會做到的，可是我現在反而有點不相信了。」

「爲什麼？」

「因爲我沒法去相信一個像你這樣的小孩子，會在這麼極短的幾年裡，發這麼樣的一大筆大財。」

這個五官英俊卻又滿面風塵，衣著簡樸卻又揮金如土的少年人臉上忽然露出一種非常神秘的微笑。

「你不相信？」他說：「老實告訴你，非但你不相信，其實連我自己都不相信。」

張老頭滿是皺紋的臉上，忽然露出神秘兮兮的表情，故意壓低了聲音說：

「哦！」

「聽說江湖中最近出現了一個獨行盜，武藝高強，膽子之大，連大內的庫銀都敢搶。」

「沒聽說過這個人？」

「沒有。」

「可是他的脾氣倒好像跟你差不多，我也知道你從小的膽子就大。」

張老頭看著他，一雙昏花的老眼睛充滿了詭譎的笑意。

「如果我是個被官府追緝的大盜，我也一定會躲到這裡來。」張老頭說：「躲在這種雞不飛，狗不跳，兔子不撒尿的地方，誰能找得到。」

這個少年也笑了，「那倒是真的一點都不假。」

這個小姑娘出現的時候，正是這個少年笑得最可愛的時候。

憑良心講，這個少年笑起來的時候，實在有點壞相，尤其是當他看著一個小姑娘的時候。

她生氣了。

她雖然沒有騎馬，手裡卻提著一根馬鞭子，好像根本就不是用它來打馬，而是用它來抽人的。

她用這根馬鞭子指著這個少年的鼻子，問張老頭：

「這個人是誰？」

張老頭沒有開口，少年已經搶著說：

「這個人是誰，天下恐怕再沒有比我更清楚的人了。」他用兩根手指捏住鞭梢，還是用鞭梢指著自己的鼻子：

「我姓李，我叫李壞。」

「你壞？」

小姑娘好像也有點忍不住要笑出來的樣子，「你自己也知道你壞！」

「名字叫李壞的人，並不一定真的就是壞人。」李壞一本正經的說。

小姑娘顯得更好奇了。

「你的名字真的叫李壞？」

「真的，當然是真的。」少年說：「我另外還有一個四個字的名字。」

「四個字的名字？」小姑娘用一雙大眼睛吃驚的看著李壞，「你那個四個字的名字叫做什麼？」

「叫做李壞死了。」

小姑娘笑了。

「李壞，你真的壞死了。」

她笑得好可愛好可愛。

如果李壞是男人中笑得最可愛的一個人，那麼這個小女孩絕對可以算是女人中笑得最可愛的一個。

李壞癡癡的看著她，好像已經看得有點失魂落魄的樣子。

就在這時候，這個小姑娘手裡的馬鞭子忽然一抖，像是一條蛇樣，纏住了李壞的脖子。

她另外一隻手已經「啪嗒、啪嗒」在李壞臉上打了兩個大巴掌，下面還有一個掃堂腿。

於是我們這位剛發了財回來的李家大少爺，就好像一隻大狗熊一樣，四腳朝天，摔倒在黃沙滾滾的道路上，嘴裡還被人塞了個大饅頭。

二

張老頭看著灰頭土臉的李壞直笑。

「你不是那個獨行盜。」老張笑得嘴都歪了，「天底下沒有你這麼窩囊的獨行盜，被一個小姑娘隨隨便便一擺，就擺平了。」

「那個小姑娘可真兇，我沒招她，又沒惹她，她爲什麼要這樣子對我？」

「誰說你沒惹她？」

「我幾時惹過她？」

「難道你真的忘了她是誰？」張老頭又開始笑得老奸巨猾，「難道你忘了你小時候逮著機會就喜歡把一個穿一身花衣裳的小女孩弄成泥巴臉？」

李壞嚇了一跳。

「難道她就是可可？」

「她就是。」

李壞苦笑，「想不到她還在恨我。」

張老頭笑得卻很愉快，「你當然想不到她會變得像現在這麼漂亮。」

二 月神的刀

一

這個世界上無疑有很多種不同的人，也有很多相同的人，同型、同類，他們雖然各在天之一方，連面都沒有見過，可是在某些地方他們卻比親生兄弟更相像。

方天豪和段八方就是個很好的例子。

方天豪幾乎和段八方同樣強壯高大，練的同樣是外門硬功，在江湖中雖然名聲地位比不上段八方，可是在這邊陲一帶，卻絕對可以算是個舉足輕重的首腦人物。

他平生最喜歡的只有三件事：

權勢、名聲和他的獨生女兒可可。

現在方天豪正坐在他那間寬闊如馬場的大廳中，坐在他那張如大炕的梨花木椅上，用他那一向慣於發號司令的沙啞聲音吩咐他的親信小吳。

「去替我寫張帖子，要用那種從京城捎來的泥金箋，要寫得客氣一點。」

「寫給誰？」小吳好像有點不太服氣：「咱們爲什麼要對人這麼客氣？」

方大老闆忽然發了脾氣。

「咱們爲什麼不能對人家客氣，你以爲你吳心柳是什麼東西？你以爲我方天豪是什麼東西？咱們兩個人加起來，也許還比不上人家的一根汗毛。」

「有這種事？」

「當然有。」

方大老闆說：「人家赤手空拳不到幾年就掙到了上億萬的身價，你們比得上嗎？」

小吳的頭低了下來。

有一種人在權勢、在財富之前永遠會把頭低下來的，而且絕對是心甘情願，心悅誠服。

小吳就是這種人。

「那麼咱們爲什麼不多準備幾天再好好的招待他們，爲什麼一定要訂在今天？」

方大老闆臉上忽然露出怒容，真正的怒容。

「最近你問得太多了。」他瞪著他面前的這個聰明人說：「你應該回家好好的學學怎樣閉上你的嘴。」

二

今天是十五，十五有月。

圓月。

月下居然有水，水月軒就在月色水波間。

在這個邊陲的山城，居然有人會在家裡建一個水池，這種人簡直奢侈得應該送到沙漠裡活活的被乾死。

方大老闆就是這種人。

水月軒就是他今天晚上請客的地方，李壞就是他今天晚上的貴賓。

所以李壞坐入上座的時候，害羞得簡直有一點像是個小姑娘。

小姑娘也和大男人一樣是要吃飯的，既然是被人請來吃飯的，就該有飯吃。

可是酒菜居然都沒有送來。

方大老闆有點坐不住了。

既然是請人來吃飯的，就應有飯給人吃。

爲什麼酒飯還沒送上來？

方大老闆心裡明白，卻又偏偏不敢發脾氣，因爲漏子是出在方大小姐身上。

方大小姐把本來早已準備送上桌的酒菜都已經砸光了，因爲她不喜歡今天晚上的客人。

她告訴已經嚇呆了的傭人。

「我那個糊塗老子今天晚上請來的那個客人，根本就不能算是一個人，根本就是一個小王八蛋。」她振振有詞的說：「我們爲什麼要請一個王八蛋喝人喝的酒，吃人吃的菜？」

幸好李壞總算還是喝到了人喝的酒，吃到了人吃的菜。

有很多真的不是人的人，卻有這種好運氣，何況李壞。

方家廚房裡的人當然都是經過特別訓練的人，第一巡四熱葷四冷盤四小炒四涼拌，一下子就全都端了上來。

用純銀打的小雕花七寸盤端上來的，被八個青衣素帽的男僕和八個窄衣羅裙的小鬟用雙手托上來的。

然後他們伺立在旁邊。

李壞在心裡嘆氣，覺得今天晚上這頓飯吃得真不舒服。

這麼多人站在他旁邊看著他吃飯，他怎麼會吃得舒服呢？如果他能吃得舒服，他就不是李壞了。

如果他能吃得舒服，他就應該叫李好。

幸好他還不知道真正讓他不舒服的時候還沒有到，否則他也許連一口酒一口菜都吃不下去。

三

李壞吃了三口菜。

吃完第二口菜時，他已經喝了十一杯酒，方大老闆和吳先生真的都是好酒量。

滿室燈光如晝，人笑酒暖花香，主人殷勤待客，侍兒體貼開窗。

窗外有月，圓月有光。

李壞剛開始要把小酒杯丟掉，要用酒壺來喝的時候，忽然聽到了遠處有一聲慘呼。

慘呼聲的意思就是一個人的呼聲中充滿了淒厲、恐怖、痛苦、絕望之意。

慘呼聲的聲音是絕不會好聽的。

可是李壞這一次聽到的慘呼聲，卻已經不是淒厲、恐怖、痛苦、絕望和不好聽這種字句所能形容的了。

他這一次聽到的慘呼聲甚至已經帶給他一種被撕裂的感覺，血肉、皮膚、骨骼、肝臟、血脈、筋絡、指甲、毛髮都被撕裂。

甚至連魂魄都被撕裂。

因爲他這一次聽到的慘呼聲，就好像戰場上的鼙鼓聲一樣，一聲接著一聲，一聲接著一聲，一聲接著一聲……

杯中的酒濺了出來。

每個人的臉色都變成了像死獸的皮。

然後李壞就看見了一十八個著勁衣持快刀的少年勇士，如飛將軍自天而降，落在水月軒外的九曲橋頭，如戰士佔據了戰場上某一個可以決定一戰勝負的據點般，佔據了這個橋頭。

「這是怎麼一回事？」

李公子臉上那種又溫柔又可愛又害羞又有點壞的笑容已經看不見了。

「方老伯這裡是不是出了什麼事？讓我從後門先溜掉。」

方大老闆微笑搖頭。

「沒關係的，你放心。」方天豪的笑顏裡充滿了自信，「在我這裡，就算是出了一點雞毛蒜皮芝麻綠豆的小事，也沒關係的，就算天塌下來，也有你方老伯頂著。」

他的話還沒有說完，笑容已消失。

方天豪對他手下精心訓練出來的這一批死士一向深具信心，深信他們如果死守住一座橋頭，就沒有人能闖上橋頭一步。

從來也沒有人能夠改變他這種觀念。

不幸現在有人了。

一個臉色鐵黑，穿一身烈火般的大紅袍，身材甚至比段八方和方天豪更高大魁偉的大漢，背負著雙手就像是一個白面書生在月下吟詩散步一樣，從橋頭那邊的碎石小徑上悠悠閒閒的走過來。

他好像根本沒動過手。

可是當他走上橋頭時，那些兒守在橋頭的死士就忽然一個接著一個，帶著一聲聲淒厲的慘呼遠飛了出去，遠遠的飛了出去，要隔很久才能聽見他們跌落在池後假山上骨頭碎裂的聲音。

這時候紅袍者已經坐了下來。

四

水月軒裡燈光燦爛如元月花市。

花市燈如畫。

紅袍者施施然走入，施施然坐下，坐在主人方大老闆之旁，坐在主客李壞對面。

他的臉看來絕不像元夜的春花。

他的臉看來也絕不像一張人的臉。

他的臉看起來就好像是一張用純鐵精鋼打造出來的面具一樣，就算是在笑，也絕沒有一點笑的意思，反而要人看著從腳底心發軟。

他在笑。

他在看著李壞笑：

「李先生，」他用一種很奇特，充滿了譏嘲的沙啞聲音說：「李先生你貴姓？」李壞笑出了一口雪白的牙齒。

「李先生當然是姓李的，」他的笑容中完全沒有絲毫譏嘲之意：「可是韓先生呢？韓先生你貴姓？」

紅袍者笑容不變。

他的笑容就像是鐵打般刻在他的臉上：「你知道我姓韓？你知道我是誰？」

「鐵火判官韓峻，天下誰人不知。」

韓峻的眼睛射出了光芒，大家這才發現他的眼睛居然是青藍色的，像萬載寒冰一樣的青藍色，和他烈火般的紅袍形成了一種極有趣又極詭秘的可怕對比。

他盯著李壞看了很久，才一個字一個字的說。

「不錯，在下正是實授正六品御前帶刀護衛，領刑部正捕缺，少林南宗俗家弟子，蒲田韓峻。」

方天豪驚慌失色的臉上終於擠出了一絲微笑，而且很快的站了起來。

「想不到名動天下的刑部總捕韓老前輩，今夜居然惠然光臨。」

韓峻冷冷的打斷了他的話。

「我不是你的老前輩，我也不是來找你的。」

「你難道是來找我的？」李壞問。

韓峻又盯著他看了很久：「你就是李壞？」

「我就是。」

「是。」

「從張家口到這裡，你一共走了多少天？」

「我不知道，」李壞說：「我沒有算過。」

「我知道，我算過，」韓峻說：「你一共走了六十一天。」

李壞搖頭苦笑。

「我又不是什麼大人物，又不是御前帶刀護衛，又不是刑部的總捕頭。爲什麼會有人把我的這些事計算的這麼清楚。」

「你當然不是刑部的捕頭，一百個捕頭一年裡掙來的銀子也不夠你一天花的。」

韓峻冷笑著問李壞：

「你知不知道你在這六十一天花了多少？」

「我不知道，我也沒有算過。」

「我也算過。」韓峻說：「你一共花了八萬六千六百伍拾兩。」

李壞用吹口哨的聲音吹了一口氣。

「我真的花了這麼多？」

「一點不假。」

李壞又笑得很愉快了，「這麼樣看起來，我好像真的是滿客氣滿有錢的樣子。」

「你當然是。」韓峻的聲音更冷：「你本來只不過是個窮小子，你花的這些錢是從哪裡來的？」

「那就是我的事了，跟你一點關係也沒有。」

「有。」

「有什麼關係！」

「大內最近失竊了一批黃金，折合白銀是一百七十萬兩。這個責任誰都擔不起，只好由刑部來擔了。」韓峻的眼睛釘子般的盯著李壞，「而在下不幸正好是刑部正堂屬下的捕頭。」

李壞長長的吐出一口氣，搖頭嘆息。

「你真倒楣。」

「倒楣的人總想拉個墊背的，所以閣下也只好跟我去刑部走一趟。」

「跟你到刑部幹什麼？」李壞瞪著大眼睛問：「你刑部正堂大人想請我吃飯？」

韓峻不說話了。

他的臉變得更黑，他的眼睛變得更藍。

他的眼睛還是像釘子一樣，慢慢的從椅子上站了起來，一寸一寸的站了起來。

他的每一寸移動都很慢，可是每一寸移動都潛伏著令人無法預測的危機，卻又偏偏能讓每個人都感覺得到。

五

每個人的呼吸都改變了，隨著他雄偉軀幹的移動而改變了。

只有李壞還沒有變。

「你爲什麼要這樣子看著我？難道你居然傻得會認爲我就是那個劫金的獨行盜？」

李壞直在搖頭苦笑嘆氣：「我倒真希望我有這麼大的本事，要是我真有這麼大的本事，也就不會有人敢來欺負我了。」

韓峻沒有開口，卻發出了聲音。

他的聲音不是從嘴裡發出來的，是從身子裡發出來的。

他身子裡三百多根骨骼，每一根骨骼的關節都發出聲音。

他的手足四肢彷彿又增長了幾寸。

雖然他還沒有出手，可是已經把少林外家的功夫發揮到極至。

方天豪忍不住嘆了口氣，因爲他也是練外家功夫的人。

只有他能夠深切了解到韓峻這出手一擊的力量，他甚至已經可以看見李壞倒在地上痛苦呻吟的樣子了。

李壞嚇壞了，掉頭就想跑，只可惜連跑都沒地方可以跑。

他的前後左右都是人，男女老少都有，因爲他是貴客，這些人都是來伺候他的。

韓峻的動作雖然愈來愈慢，甚至已接近停頓，可是給人的壓力卻愈來愈重，就好像箭已經在弦上，一觸即發。

方天豪當然也不會管這種閒事的。

李壞急了，忽然飛起一腳踢翻了桌子，居然碰巧用了個巧勁，桌上的十幾碟菜，被這股巧勁一震全都往韓峻身上打了過去。

碟子還沒有到，菜汁菜湯已經飛濺而出。

鐵火判官如果身上被濺上一身薺菜豆腐羹，那還像話嗎？

韓峻向後退，迅如風。

趁這個機會，李壞如果還不逃，那麼他就不是李壞了。

可惜他還是逃不掉。

忽然間，急風驟響寒光閃動，七柄精鋼長劍，從七個不同的方向刺過來。

以李壞那天對付可可的身手，這七把劍之中，只要有一把是直接刺向他的，他身上就會多一個透明的窟窿。

幸好這七劍沒有一劍是直接刺向他的，只聽叮、叮、叮、叮、叮、叮六聲響，七柄劍已經接在一起，搭成了一個巧妙而奇怪的架子，就好像一道奇形的鋼枷一樣，把李壞給枷在中間了。

江湖中人都知道，被七巧鎖心劍困住的人，至今還沒有一次脫逃的紀錄。

無論誰被他困住，就好像初戀少女的心被她的情人困住了一樣，休想脫逃。

這七柄劍的長短、寬窄、重量、形式、劍質、打造的火候、劍身的零件，都完全一樣。

這七柄劍無疑是同一爐煉出來的。

可是握著這七柄劍的七隻手，卻是完全不相同的七隻手。

唯一相同的是他們剛才都曾經端過菜送上這張桌子。

李壞反而不怕了，反而笑了。

「想不到，想不到，七巧鎖心劍居然變成了添茶送飯的人。」

他看著這七人中一個身材高挑，臉上長著幾粒淺白麻子的俏麗夫人。

「胡大娘，」李壞說：「既然你喜歡做這種事，幾時有興趣，也不妨來為我鋪床疊被。」

他又看著韓峻搖頭：「這當然也都是閣下安排好的，閣下還安排了些什麼人在附近？」

「難道這些人還不夠？」

「好像還是有點不太夠。」

韓峻的臉沉下，低喊一聲。

「鎖。」

在這個劍式中，鎖的意思就是殺。七劍交鎖，血脈寸斷。

劍鎖已成，無人可救。

李壞的血脈沒有斷，身體四肢手足、肝腸、血脈都沒有斷。

斷的是劍。

斷的是七巧同心那七柄精鋼百煉的鎖心劍，七劍皆斷。

七柄劍的劍尖都在李壞手上。

誰也看不出他的動作，可是每個人都能看得見他手上七截閃亮的劍尖。

斷劍仍可殺人。

劍光又飛起，又斷了一截。

斷劍聲如珠落玉盤。

每個人的臉色都變了，韓峻身形暴長，以虎撲豹躍之勢猛擊李壞。

李壞側走，走偏鋒，反手切！

他的出手遠比韓峻的出手慢，他的掌切中韓峻脅下軟肋時，他的頭顱已經被擊碎。

可是這一點大家又看錯了。

韓峻忽然踉蹌後退，退出五步，身子才站穩，口角已流出鮮血。

李壞微笑鞠躬，笑得又壞又可愛。

「各位再見。」

六

月色依舊，水波依舊，橋依舊，閣依舊，人卻已非剛才的人。

李壞悠悠閒閒走過九曲橋，那樣子就像韓峻剛才走上橋頭一樣。

大家只有看著他走，沒有人敢攔他。

月色水波間，彷彿有一層淡淡的煙霧升起，煙霧間彷彿有一條淡淡的人影。

李壞忽然看見了這條人影。

沒有人能形容他看見這條人影時心中的感覺，那種感覺就像是一個瞎子忽然間第一次看見了天上皎潔的明月。

那條人影像在月色水波煙霧間。

李壞的腳步停下。

「你是誰？」他看著這煙霧般的白衣人問：「你是誰？」

沒有回答。

李壞向她走過去，彷彿受到了某種神秘的吸引力，筆直的向她走過去。

雲開，月現，月光淡淡的照下來，恰巧照在她的臉上。

蒼白的臉，蒼白如月。

「你不是人。」李壞看著她說：「你一定是從月中來的。」

蒼白的臉上忽然出現了一抹無人可解的神秘笑容，這個月中人忽然用一種夢囈般的神秘聲音說：「是的，我是從月中來的，我到人間來，只能帶給你們一件事。」

「什麼事？」

「死！」

淡淡的刀光，淡如月光。

月光也如刀。

因爲就在這一道淡如月光的刀光出現時，天上的明月彷彿也突然有了殺氣。

必殺必亡，萬劫不復的殺氣。

刀光淡，月光淡，殺氣卻濃如血。

刀光出現，銀月色變，李壞死。

一彈指間已經是六十刹那，可是李壞的死只不過是一刹那間的事。

就在刀光出現的一刹那。

「飛刀！」

刀光消失時，李壞的人已經像一件破衣服一樣，倒掛在九曲橋頭的雕花欄杆上。

他的心口上，刀鋒直沒至柄。

心臟絕對無疑是人身致命要害中的要害，一刀刺入，死無救，可是還有人不放心。

韓峻以箭步竄過來，用兩根手指捏住了插在李壞心口上的淡金色的淡如月光般的刀柄，拔出來，鮮血濺出，刀現出。

窄窄的刀卻已足夠穿透心臟。

「怎麼樣？」

「死定了。」

韓峻盡量不讓自己臉上露出太高興的表情，「這個人是死定了。」

月光依舊，月下的白衣人彷彿已溶入月色中。

七

晴天。

久雪快晴，寒更甚，擦得鏡子般雪亮的青銅大火盆中，爐火紅得就像是害羞小姑娘的臉。

方大老闆斜倚在一張鋪著紫貂皮的大炕上，炕的中間有一張低几，几上的玉盤中除了一些蜜餞糖食小瓶小罐之外，還有一盞燈，一桿槍。

燈並不是用來照明的那種燈，槍，更不是那種要將人刺殺於馬下的那種槍。

這種槍當然也一樣可以殺人，只不過殺得更慢，更痛苦而已。

暖室中充滿了一種邪惡的香氣。

人是有弱點的，所以邪惡永遠是最能引誘人類的力量之一。

所以這種香氣也彷彿遠比江南春天裡最芬芳的花朵更迷人。

「這就是鴉片，是紅毛人從天竺那邊弄過來的。」

方大老闆瞇著眼，看著剛出現在暖室中的韓峻。

「你一定要試一試，否則你這一輩子簡直就像是白活了。」

韓峻好像聽不見他的話，只冷冷的問：

「人埋了沒有？」

「早就埋了。」

「他帶來的那四個小孩子呢？」

方天豪詭笑：「覆巢之下還會有一個完整的蛋嗎？」

「那麼這件事是不是已經結束了？」

「圓滿結束，比蛋還圓。」

「沒有後患？」

「沒有。」方天豪面有得色：「絕對沒有。」

韓峻冷冷的看了他很久，轉身、行出、忽然又回頭。

「你最好記住，下次你再抽這種東西，最好不要讓我看見，否則我一樣會把你弄到刑部大牢去，關上十年八年。」

卵石外是一個小院，小院有雪，雪上有梅。

一株老梅孤零零的開在滿地白雪的小院裡，天下所有的寂寞彷彿都已種在它的根下。

多麼寂寞。

多麼寂寞的庭院，多麼寂寞的梅，多麼寂寞的人。

韓峻走出來，迎著冷風，長長的吸了一口氣，又呼出一口氣。他的呼吸忽然停止。

他忽然看見紅梅枝葉中，有一張蒼白的臉，正在看著他鬼笑。

韓峻也不知看過了多少人的臉，雖然大多數是哭臉，笑臉也不少。

可是他從來沒有看過這麼一張笑臉，笑得這麼歪，笑得這麼邪，笑得這麼曖昧恐怖。

千百朵鮮紅的梅花中，忽然露出了這麼樣一張笑臉，而且正看著他笑。

你會怎麼樣？

韓峻後退一步，擰腰，沖天躍起，左手橫胸自衛，右手探大鷹爪，準備把這張蒼白的臉從紅梅中抓出來。

他這一爪沒有抓下去，因爲他忽然認出這張臉是誰的臉了。

同心七劍中的二俠劉偉，是個魁偉英俊的美男子，可是他死了之後，也跟別的死人沒有太大的分別。

尤其是死在七斷七絕傷心掌下的人，面容扭曲彷彿在笑，可是他的笑容卻比哭更傷心更悲慘難看。

劉偉就是死在傷心掌下。

韓峻飛身上躍，認出了他的臉，也就看出了他是死在傷心掌下的人。

八

同心七劍，劍劍俱絕，人人都是高手，尤其是劉二和孟五。

第二個死的就是孟五。

他是被人用一輛獨輪車推回來的。

他的致命傷也是七斷七絕傷心掌。

七斷。

心脈、血脈斷、筋脈斷、肝腸斷、腎水斷、骨骼斷、腕脈斷。

七絕。

心絕、情絕、恩絕、慾絕、苦痛絕、生死絕、相思絕。

七斷七絕，傷人傷心。

這種功夫漸漸的也快絕了，沒有人喜歡練這種絕情絕義的功夫，也沒有人願傳。

方天豪問韓峻。

他問了三個問題，都是讓人很難回答的，所以他要問韓峻，因爲韓峻不但是武林中有數的幾大高手之一，而且頭腦精密得就像是某一位奇異的天才所創造的某一種神奇機械一樣。

只要是經過他的眼，經過他的耳，經過他的心的每一件事他都絕不會忘記。

「傷心七絕豈非已經絕傳了？現在江湖中還有人會這種功夫？誰會？」

「有一個人會。」韓峻回答。

「誰？」

「李壞。」

「他會？」方天豪問：「他怎麼會的？」

「因爲我知道他是柳郎七斷和胡娘七絕生前唯一的一個朋友。」

「可是他豈非已經死了？」方天豪問：「你豈非說過，月神之刀，就好像昔年小李探花的飛刀一樣，例不虛發。」

韓峻轉過頭，用一雙冷漠冷酷的冷眼，望著窗外的一勾冷冷的下弦月。

月光冷如刀。

「是的。」

韓峻的聲音彷彿忽然到了遠方，遠在月旁。

「月光如刀，刀如月光。」他說：「月神的刀下，就好像月光下的人，沒有人能躲得開月光，也沒有人能躲開月神的刀。」

「沒有人，真的沒有人？」

「絕沒有。」

「那麼李壞呢？」

「李壞死了。」韓峻說：「他壞死了，他已經壞得非死不可。」

「如果這個世界上只有李壞一個人能使傷心七絕掌，如果李壞已經死定了，那麼同心七劍是死在誰手下的？」

韓峻沒有回答這個問題，因爲這個問題誰都無法回答。

但是他卻摸到了一條線，摸到了一條線的線頭。

他的眼睛裡忽然又發出了光。

「不錯，是在五年前。」韓峻說：「五年前的二月初六，那天還在下雪。」

「那天怎麼樣？」方天豪問。

「那一天我在刑部值班，晚上睡在刑部的檔案房裡，半夜睡不著，起來翻檔案，其中有一卷特別引起了我的興趣。」

「哦？」

「那一卷檔案在玄字櫃的，說的是一個名字叫做葉聖康的人。」

「那個人怎麼樣？」

「他被人在心口刺了三劍，劍劍穿心而過，本來是絕對必死無疑的。」

「難道他沒有死？」

「他沒有死。」韓峻說：「到現在他還好好的活在北京城裡。」

「利劍穿心，死無救，他爲什麼還能活到現在？」方天豪問。

「因爲利劍刺透的地方，並沒有他的心臟。」韓峻說：「換句話說，他的心並沒有長在本來應該有一顆心長在那裡的地方。」

「我不懂。」方天豪臉上的表情就好像看見一個人鼻子忽然長出了一朵花一樣。「我真的聽不懂你在說什麼？」

「好，那麼我就用最簡單的方法告訴你。」韓峻說：「那個叫葉聖康的人，是個右心人。」

「右心人？」方天豪問：「右心人是什麼意思？」

「右心人的意思，就是說這種人的心臟不在左邊，在右邊，他身體組織裡每一個器官都是和一般普通人相反的。」

方天豪愣住了。

過了很久他才能開口說話，他一個字一個字的問韓峻。

「你是不是認為李壞也跟葉聖康一樣，也是個右心人？」

「是的。」韓峻也一個字一個字的說：「因為除此以外，別無解釋。」

「就因為李壞是個右心人，所以並沒有死在月神的刀下，因為月神的刀雖然刺入他的心臟，可是他的心並沒有長在那個地方。」

方天豪盯著韓峻問。

「好，你的意思是不是這樣子的？」

「是的。」

三　輕柔

一

「一個人的心如果沒有長在它應該存在的地方，這個人會覺得自己怎麼樣？」

「他一定會覺得很快樂。」

「快樂？爲什麼會覺得快樂？」

「因爲這件事是錯的，而錯誤往往是很多種快樂的起因。」

二

李壞現在一定很快樂。

他沒有死，要他死的人，沒有一個知道現在他在什麼地方。

在這種情況下，他一定樂死了。

搜捕令已發下。

由附近各縣府州道調來的捕快高手已到達。

「把李壞找出來。」韓峻發下命令：「他一定還在附近，我們不惜任何代價，都要把他找出來。」

他們沒找到。

因爲李壞現在正躺在一個他們連做夢都想不到的地方睡大覺。

這個李壞可真的壞死了。

三

李壞把兩隻腳高高的擱在桌子上，睡他的大覺。

真奇怪，他實在是條男子漢，甚至可以算是個很粗野的男子漢，可是他的這一雙腳，卻偏偏長得像女人的腳，又白又嫩又乾淨。

據他自己說，有很多女孩子都愛死他這雙腳了。

我們的李壞先生說出來的話，當然並不是完全可以相信的，可是也並非連一點可以相信的地方都沒有。

這個地方實在很適於睡覺，不但適於睡覺，而且適於做任何事，各式各樣的事。

這個地方實在太好了，太舒服了。

像李壞這麼樣一個小壞蛋，實在不配到這種地方來的。

可是他偏偏來了，所以才沒有人會想得到。

這個地方究竟是什麼地方呢？

一個女孩輕輕巧巧的推門走進來，輕輕巧巧的走到李壞面前，用一雙溫溫柔柔的眼睛，溫溫柔柔的看著李壞，看著他的臉，看著他的睡眼，看著他的腳。

李壞好像睡得像是個死人一樣，可是這個死人的手偏偏又忽然伸出來了。

這個死人可真不老實，真壞。

他的手更不老實更壞，他的手居然伸到一個最不應該伸進去的地方了。

「你壞。」這個女子說：「李壞，你這個小王八蛋，真的是壞死了。」

這個女孩子又是誰呢？

她跟李壞有什麼特別的情感，特別的關係，爲什麼要在李壞如此危急的情況下陪伴著他，又有什麼特別的力量能保護他的安全，讓人找不到他？

「你倒真的是逍遙自在。」這個女孩子說：「你知不知道韓峻和我爸爸找來了那批人，爲了要抓你，幾乎已經把城裡每一寸地都翻過來了。」

「我知道，我當然知道。」李壞說：「可是我一點都不擔心。」

「爲什麼？」

「因爲他們都認爲城裡最恨我的人就是你，而且你又是你爸爸的女兒，如果他們會找到這裡來，他們簡直就不是人，是活鬼了。」

李壞這一次碰到了活鬼了。

四

第一個讓李壞碰到的就是韓峻，他推門走進來的時候，李壞真好像看見一個活鬼，活生生的從天上掉下來一樣。

韓峻用一種溫和的幾乎接近同情的眼光看著面前這個吃驚的人。

「我知道你想不到的，就連我自己都想不到。」韓峻嘆著氣說：「我們都以爲今生今世再也看不到閣下這張臉了。」

李壞那張壞兮兮又可愛兮兮的臉上，居然又露出了他那種特有的微笑。

「那個小姑娘呢？那個從月亮掉下來的漂漂亮亮的神神秘秘的，專門喜歡殺人的小姑娘呢？」李壞問韓峻：「她今天居然沒有來？」

「沒有。」

「其實我也知道她不會來的。」

「你知道？」

「我怎麼不知道。」李壞說：「月光如刀，刀如月光。我已經差一點在她刀下把我這條命送掉了，我怎麼會不知道月神的刀幾乎已經和昔年的『小李飛刀』一樣例不虛發，我又怎麼不知道要月神出一次手是什麼代價。」

李壞的聲音裡彷彿也帶著種很奇怪的感情。

「最重要的一點是，我也知道月神和昔年的『小李探花』一樣，殺人只殺一次，一次失手，絕不再發。」

「所以你認爲她今天絕不會再來。」韓峻問。

「是的，她今天絕不會再來。」李壞說：「因爲你再也請不起她，就算你請得起，她也絕不會再來殺一個她已經殺過一次的人。」

韓峻沉默了很久。

「你說對了，你完全說對了，月神絕對是現在這個世界上代價最高的殺手，她今天的確是不會來的。」

李壞笑。

「可是我相信你也應該知道，今天我也不會一個人來的。」

「我知道。」

李壞笑：「你當然不會一個人來，如果你今天是一個人來的，你還想走得了？」

韓峻又用一種和剛才同樣的溫和得接近同情的眼色看著他。

「那麼你知不知道我今天帶了些什麼人來？」

「我不知道。」

李壞當然不會知道，李壞也想不到。

沒有人能想得到。

沒有人能想得到刑堂總捕，名滿天下的「鐵火判官」韓峻會爲了一個默默無名的年輕小子，而出動這麼多江湖中的一流高手。

所有和官府刑部六扇門裡有關係的高手，這一次幾乎全部都出動了，就好像變戲法一樣忽然間就從四面八方各種不同的地方到了這個山城，而且忽然間就到了李壞自己認爲全世界最平安的一個小屋。

李壞這一次可真壞了。

不管什麼樣的人，在這種情況下，如果碰上了今天李壞碰上的這些高手，都一樣沒路可走。

連死路都沒有。

因為有些人還不想他死得太早。

求生不得，求死不能。那麼你說李壞應該怎麼辦呢？

李壞如果完全沒有辦法的話，那麼李壞就不是李壞了。

李壞忽然做了一件大家連做夢都想不到的事，尤其是可可，連她在做一個最可怕的噩夢的時候都想不到。

她的手忽然被握住，被李壞握住。

她的手當然常常會被李壞握住，她全身上下有許多地方都常常被李壞握住。

可是這一次和以前的每一次都不同。

李壞這一次竟然是用七十二路小擒拿手中最厲害的一招去握她的手。

她的手就好像忽然被一個鐵銬子銬住了一樣，忽然她就聽見李壞在說：

「各位現在已經可以開始恭喜我了，因為我已經死不了了。」

李壞的笑容真可惡。

「因為各位一定都不願讓這位方大小姐在如此年輕貌美的時候就忽然死了，所以我大概也可以繼續活下去。」李壞說：「如果我死了的話，可可小姐也活不了。」

李壞嘆了一口氣，「這一點我相信各位一定都跟我一樣非常的明白。」

這一種卑鄙下流無恥的話，居然從李壞嘴裡說出來，可可簡直不敢相信自己的耳朵。

非但她不相信，別人更不相信。

方大老闆的臉在這一刹那間就已經變成了豬肝色。

「你這個小王八蛋，你是不是人，你怎麼能做出這種事來！」方天豪怒吼，「我女兒這麼樣對你，你怎麼能這麼樣對她？」

「這一點都不奇怪。」李壞心平氣和理直氣壯的說：「我李壞，本來就是個壞人，我本來就壞死了，如果我連這種事都做不出，那才奇怪。」

他用一種很優雅的態度鞠躬。

「我相信各位一定很明瞭現在這種情況。」李壞說：「所以我也相信各位一定會讓我走的。」

他又說：「李壞是什麼東西？李壞只不過是個壞蛋而已，怎麼能用可可小姐的一條命，來換李壞這個王八蛋的一條命呢？」李壞說：「所以我相信我現在已經可以對各位說一聲再見了。」

就這樣，李壞就真的和這些一心要置他於死地的武林一級高手再見了。

他居然真的太太平平的走出這個龍潭虎穴。

這一點連他自己幾乎都不敢相信是真的。

他手裡雖然有人質，方天豪雖然心疼他的女兒，可是他還是不應該如此輕易脫走。

來對付他的人，每個人都有一手，就算他手裡有人質，也一樣能想得出辦法對付他，何況，別人對我們這位方大老闆的掌上明珠的生死存亡，也並不一定很在乎。

他們爲什麼會讓李壞走呢？

這一點誰都不懂。

五

快馬，狂奔，山城漸遠，更遠。

山城已遠。

山城雖然已遠，明月仍然可見，仍然是在山城所能見到的那同樣的一輪明月。

在此時，月光當然不會利如刀，在此時，月色淡如水。

淡淡的月光，從一扇半掩著的窗戶裡，伴著山間淒冷的寒氣，進入了這間小屋。

小木屋在群山間，李壞在這間小木屋裡。

可可當然也在。

她人在一堆熊熊的爐火前，爐火把她的臉照得飛紅。

李壞的臉卻是蒼白的，臉上的壞相沒有了，臉上的壞笑也沒有了。

他居然好像在思索。

因爲他不懂，卻又偏偏好像有一點要懂的樣子，因爲他在逃竄的時候，他好像看見了一條淡淡的白色人影，淡得好像月光那麼淡的人影，從他的身邊掠過去了，就好像月光和山峰從他身邊掠過去一樣輕柔。

他確實看見了這麼樣一條人影，因爲就在那時候他也聽到了一個人，一個女人用柔美如月光般的聲音說：

「你們全都給我站住，讓李壞走……」

李壞不是在做夢，他從很小很小的時候，就已經不再做夢。

他確實聽到了這個人說話的聲音。

可是他更不懂了。

如果說他能夠如此輕易脫走，是因爲月神替他阻住了追兵。

那麼月神爲什麼要這麼做呢？

火光閃動，飛紅的臉更紅。

「我決定了。」可可忽然說：「我完全決定了，絕對決定了。」

她說話的聲音好奇怪。

「你決定了什麼？」李壞問。

「我決定了要做一件事。」可可說：「我決定要做一件讓你會覺得非常開心，而且會對我非常非常感激的事。」

「什麼事？」

可可用一雙非常非常非常有情感的眼光看著這個男人，看了很久，然後又用一種非常非常有情感的聲音對他說：

「我知道你聽了我的話之後，一定會非常非常感動的，我只希望你聽了之後不要哭，不要感動得連眼淚都掉下來。」

「你放心，我不會哭的。」

「你會的。」

李壞投降了，「好，不管我聽了之後會被你感動成什麼樣子，你最少也應該把你究竟決定了什麼事告訴我。」

「好，我告訴你。」可可真的是一副下定決心的樣子，「我決定原諒你了。」

她用一種幾乎是諸葛亮在下定決心要殺馬謖時那種堅決的態度說：「不管你對我做什麼事，我都決心原諒你了，因爲我知道你也有你的苦衷，因爲你也要活下去。」

她忽然跑過來，摟住了李壞的脖子。

「所以，你也不必再解釋了。」可可說：「既然我已經原諒你，你也就不必再解釋。」

李壞沒有再解釋。

——有些話你自己既不想說也不能說可是別人卻一定要替你說，因爲這些話正是那個人自己想聽的，也是說給自己聽的。

「我知道你絕不是個忘恩負義，恩將仇報的人，你那樣子對我，只不過想要活下去而已。」

可可在替李壞解釋。

「不管什麼人在你那種情況之下，都會像你那樣做。一個人想要跟他心愛的人在一起，就得要活下去才行。」可可燦然一笑：「在那種情況下，你要跟我在一起，不把我帶去怎麼行，你想把我帶走不用那種法子，用什麼法子呢？」

她笑得愈來愈開心，「所以我一點都不怪你，因爲我完全明白你的意思，你呀你真是個小壞蛋，幸好我也不是什麼好東西。」

她笑得開心極了，因爲她說的這些話正好是她自己最喜歡聽的。

所以她根本沒有注意到李壞的瞳孔裡已經出現了一條淡淡的白衣人影。

——難道那個從月中來的人又出現了？而且已出現在李壞的眼前？

「我要走了。」李壞忽然說。

「你要走了？」可可吃驚的問：「你要到哪裡去？」

「我不知道。」

「你爲什麼要走？」

「我不知道。」

「你什麼都不知道？」

「是的，我什麼都不知道。」李壞說：「我只知道現在我一定要走了。」

這個聰明絕頂也壞透了頂的小壞蛋，現在臉上居然有一種癡癡呆呆的表情，連他的眼睛裡都有這種表情。

——那條夢一樣的白衣人影，當然也依舊還在他的眼睛裡。

可可看著他，就好像一個溺水的人眼看著一根他本來已可攀住的浮木忽然又被海浪沖走一樣。

她就這麼樣眼看著李壞從她身邊走出門。

她完全無能爲力。

門外月色如水。

月下有人，白衣人，人在煙雨山樹水月間。

人靜。

甚至比煙雨水月中的山樹更靜，只是靜靜的看著李壞。

她沒有說一個字。

可是李壞卻像是聽到了一種神秘的咒語。

她沒有招手，連動都沒有動。

可是李壞卻像是受到了天地間最神奇的一種魔力的吸引。

她沒有叫李壞追隨她。

可是李壞已經從最愛他的女人身邊走了過去，走入清冷如水的月光下，走向她。

這一次李壞好像一點都不壞，非但不壞，而且比最不壞的乖小孩都乖。

每個壞蛋在某一個人面前都會這樣子，也許這就是壞蛋們最大的悲哀。

六

「我並沒有叫你來。」

「我知道。」

「你爲什麼要來。」

「我不知道。」

「你知道什麼?」

「我只知道現在我已經來了,我也知道既然我已經來了就絕對不會走。」李壞說。

「不管這裡是什麼樣的地方,你都不走?」

「我絕不走。」

「你不後悔?」

「我絕不後悔,死也不後悔。」

所以李壞就到了這個世界來了。

這個世界是一個從來都沒有塵世中人到過的世界,也不屬於人的。

在這個神秘遙遠而美麗的世界裡,所有的一切,都屬於月。

沒有人知道它在哪裡。沒有人知道它那裡的山川風貌和形態。

甚至沒有人知道它的存在。

所以李壞就從此離開了人的世界。

四　山城之死

一

春雪已經融了，高山上已經有雪融後清澈的泉水流下來。

可是在山之巔的白雲深處，那一片亙古以來就存在的積雪，仍然在閃動著銀光。

在這一片銀白色的世界裡，萬事萬物都很少有變化，甚至可以說沒有變化。

只有生命才有變化。

可是在這裡，幾乎完全沒有生命。

李壞到這裡的時候，就已經感覺到這一點。

他不在乎。

因爲他已經擁有了他夢想不到的那一種神秘的感情，一個他從未夢想過他會擁有的女人，使得他得到了一份新的生命。

他也爲這世界帶來了生命。

可是在今天早上對李壞來說，天地間所有的萬事萬物都已毀滅。

二

李壞在這裡已經待了一百一十七天，一千四百零四個時辰。

每一天每一個時辰每一刻都是濃得化不開的柔情蜜意。

月並不冷。

月光的輕柔，是凡夫俗子們永遠無法領略的。

李壞為自己慶幸，也為自己驕傲，因為他所得到的，是別人永遠無法得到的。

寶劍有雙鋒，每一件事都有正反兩面。

得到了你所最珍視的東西，往往也就會失去你所最珍惜的東西，你得到的愈多，失去的往往也更多。

在萬般柔情裡，李壞常常會忽然覺得自己有了一種從未曾有的痛苦。

他怕失去。

他怕失去他生命中最愛的一個女人。

從一開始，他就有一種他遲早必將會失去她的感覺。

今天早上他這種感覺應驗了。

三

這天早上，奇靜，奇寒，奇美，和另外一個一百一十七個早上完全沒有兩樣。

不同的是，今天早上，李壞的身邊已經沒有人了。

人呢？

人已去，去如夢如霧如煙。

沒有留下一句話，沒有留下一個字，就這麼樣走了。

——你真的就這麼樣走了？

真的，每件事都是真的，情也是真，夢也是真，聚也是真，離也是真。

——人世間哪裡還有比離別更真實的。

四

李壞又開始壞了。

李壞吃，李壞喝，李壞嫖，李壞賭，李壞醉。

他吃，吃不下，他賭，賭不輸，他嫖，也可能是別人在嫖他。

所以他只有醉。

可是醉了又如何？但願長醉不復醒，這也只不過是詩人的空夢而已。

有誰能長醉不醒呢？

醒來時那一份有如冷風撲面般忽然襲來的空虛和寂寞，又有誰能體會？

一個沒有根的浪子，總希望能找到一個屬於自己的根。

所以李壞又回到了那山城。

這個小小的山城，也就像是高山亙古不化的積雪一樣，一直很少有變化。

可是這次李壞回來時，已完全變了。

五

山坡變了。

遠山仍在，遠山下的青石、綠樹、紅花、黃土仍在，可是山城已不在。

山城裡的人居然也不在了。

這座在李壞心目中彷彿從遠古以來就已存在，而且還會存在到永遠的山城，如今竟已忽然不在。

這座山城竟然已經變成了一座死城。

六

一隻死雞，一條半死的狗，一條死寂的黃土街，一扇被風吹得「啪嗒啪嗒」直響的破窗戶，一個沒有火的冷灶，一個摔破了的空酒罈，一個連底都已經朝了天的，裡面連一個發了霉的饅頭都沒有的空蒸籠。

一個和那條狗一樣已經快死了的人。

這個人就是李壞回到這山城時所看到的唯一的一個人。

他認得這個人，他當然認得這個人。

因爲這個人就是開饅頭店的張老頭。

「這裡怎麼變成這個樣子呢？這裡的那些人呢？這究竟是怎麼回事？」

李壞費了很大的功夫去問張老頭，還是問不出一個結果來。

張老頭已經和那條狗一樣被餓得馬上就好像快要死了。

李壞把行囊裡所有能吃能喝的都拿出來給了這個人和這條狗，所以現在狗又開始可以叫了，人也開始可以說話了。

只可惜人說的話只有一個字，雖然這個字他老是在不停的說，可是還是只有一個字，一個「可」字。

「可可、可可、可可、可可、……」

這個字他重複不停的說，也不知道說了多少遍，也不知道還要說多少遍。

李壞叫了起來，差一點就要跳了起來。

他已經有很久沒有聽到過這個名字，張老頭為什麼要在這時候一直反覆不停的唸她的名字？

山城已死，這個死城中除了張老頭之外，還有沒有別人能倖存？

「可可呢？」李壞問：「她是不是還活著？」

張老頭抬起頭看看他，一雙癡呆迷茫的老眼裡，忽然閃過了一道光。

於是李壞終於又見到了可可。

七

方莊的後園已經荒蕪，荒蕪的庭院中，淒冷敗落的庭台間，凋零的草木深處有三間松木小築。

夜已經很深了。

荒園裡只有一點燈光。

李壞隨著張老頭走過去，就看見了那一間小小的木屋。

燈在屋中，人在燈下。

一個已經瘦得幾乎完全脫了形的人，一張蒼白而癡迷的臉。

可可。

「李壞，你這壞小鬼，你真的壞死了。」

她嘴裡一直在反反覆覆不停的唸著這三句話，她的心已經完全破碎，世上的萬事萬物也都已隨著她的心碎而裂成碎片，除了這三句話之外，她已經無法將世上任何事連綴在一起。

一個心碎了的女人，思想也會隨著破碎的。

李壞的心也碎了，可是他的臉上卻還是帶著他那臉可愛又可恨的笑。

此時此刻，此情此景，他不笑又能怎麼樣，難道你叫他哭？

「可可，我就是李壞，我就是那個壞死了的壞小鬼，我已經壞得連我自己都快要被我自己氣死了。」李壞說：「像我這麼壞的人，已經壞得再也找不出第二個了，所以我相信你一定還認得我。」

可可卻好像完全不認得他了。

可可看到他的樣子，就好像一輩子從來沒有見過這個人。

可可看到他的樣子，根本就不像是在看著一個人，就好像在看著一堆狗屎一樣。

然後可可就給了他一個耳光。

這一耳光著著實實打在李壞的臉上，李壞反而笑了，而且笑得很開心。

「你還認得我，我知道你一定還認得我，否則你就不會打我。」

「我認得你？」可可的樣子還是癡癡迷迷的：「我認得你嗎？」

李壞點頭。

就在他點頭的時候，他又挨了一巴掌。

他喜歡被她打，所以他才會挨她巴掌。

他自己也知道他對不起她，所以就算挨她八百七十六個巴掌，他也是心甘情願的。

他沒有挨到八百七十六個巴掌，他只挨了三巴掌。

因爲這位已經瘋癲癡迷了的可可小姐的第三個巴掌打到他臉上的時候，她的大拇指也同時點住了他鼻子下的「迎香穴」。

於是李壞又壞了。

古老的宅邸，深沉的庭院，淒冷中又帶著種說不出的莊嚴肅穆之意。

紅梅萬點，舊屋幾楹，庭台樓閣，夾雜其間，一個寂寞的老人，獨坐在廊簷下，彷彿久與這個世界隔絕。

並不是這個世界要隔絕他，而是他要隔絕這個世界。

一個和他同樣有一頭銀絲般白髮高大威猛的老人，用一種幾乎比狸貓還輕巧的腳步，穿過了積雪的小院。

積雪上幾乎完全沒有留下一點腳印。

高大威猛的老人來到他面前，忽然間彷彿變得矮小了很多。

「我們已經有了少爺的消息。」

「去帶他回來。」寂寞的老人，寂寞的老眼中忽然有了光，「不管他的人在哪裡，不管你用什麼法子，你都一定要帶他回來。」

五 銀衣

一

李壞這一次可真壞得連自己都有點莫名其妙了，他從來沒有想到過他也有一天會落到這麼糟這麼壞的情況中。

被一個女孩子，用一種既不光明又不磊落的方法點住鼻子下面的「迎香穴」，已經是一件夠糟夠壞的事了。

更糟的是，這個女孩子還是他最信任的女孩子，而且還被她點了另外十七八個穴道。

所以我們這位壞點子一向奇多無比的李壞先生，現在也只有規規矩矩老老實實的坐在一張大紅木椅子上，等著別人來修理他。

有誰會來修理他？要怎麼樣修理他？

「可可，你爲什麼要這樣對付我？」

「我恨你，恨死了你。」

「我有什麼地方得罪了你？」

「你根本不是人，是個活鬼，所以你也只喜歡那月亮裡下來的活女鬼。」

李壞笑，壞笑。

在這種時候他居然還能笑得出來，倒也實在是件令人不得不佩服的事。

「你笑什麼？」

「我在笑你，原來你在吃醋。」

其實他應該笑不出來的。

其實他也應該知道女孩子吃醋絕對不是一件可笑的事。

女孩子吃醋，常常都會把人命吃出來的。

李壞這一次自己也知道這條命快要被送掉了，因爲他已經看到方大老闆和韓峻從外面走了進來。

二

韓峻居然也在笑。

他當然有他應該笑的理由，皇庫失金的重案，現在總算已經有了交代，盜金的首犯李壞，現在總算已被逮捕歸案。

「放你媽的狗臭屁，」李壞用一種很溫柔的聲音破口大罵，「你這個烏龜王八蛋，你偷了金子，要我來替你揹黑鍋，我也可以原諒你的；因爲如果我是你，我說不定也會這麼做的，可是你爲什麼一定還要我的命？」

「因爲你壞。」

韓峻自從五歲以後就沒有這麼樣笑過。「像你這麼壞的人，如果不死，往後的日子我怎麼能睡得著覺。」

方大老闆當然也在笑。

李壞看著他，忽然用一種很神秘的聲音告訴他：「如果我是你，現在我一定笑不出來的。」

「爲什麼？」

李壞的聲音更低，更神秘，「你知道你的女兒肚子裡已經有我的孩子了？」

方大老闆的笑容立刻凍結，反手一巴掌往他臉上摑了過去。

李壞臉上的笑容一點都沒有變。

「你打我沒關係，只可惜你永遠打不到你女兒肚子裡的孩子。」李壞說：「她這麼樣恨我，這麼樣害我，就因爲她肚子裡有了我的孩子，而我卻硬是不理她。」

方天豪的臉綠了，忽然轉身衝了出去。

李壞笑得更壞，他知道他是要找他女兒去算帳去了，他也知道這種事是跳到海水裡都洗不清的。

一個偷偷摸摸在外面有了孩子，而且是個壞蛋的壞孩子的小姑娘，如果被她爸爸抓住，那種情況也不太妙。

李壞覺得自己總算也報了一點點仇了。

李壞是真壞，可是他報仇通常都不會用那種冷冽殘酷的法子。

他不是那種人。

三

只可惜一個人在倒楣的時候，總好像有一連串倒楣的事在等著他。

方天豪本來明明已經衝了出去，想不到忽然間又退了回來。

一步一步的退了回來，臉上的表情就好像撞到了瘟神一樣。

李壞看不到門外面的情況，可是就算他用肚臍眼去想他也應該想得出外面發生了一件讓方天豪很吃驚的事。

在方天豪現在這種情況下，能夠讓他吃驚成這副樣子的事已經不多了。

李壞的好奇心又像是一個十七歲的女孩子的春心，開始在春天裡發動了起來。

門外面是什麼地方？發生了什麼事？不但李壞想不出，大家全都想不出。

每個人都開始緊張起來了。

韓峻輕叱，急箭般竄出，左拳右掌均已蓄勢待發，而且一觸即發，發必致命。

「是什麼人？」

想不到忽然間他也退了回來，就像方天豪那樣一步一步的退了回來，臉上的表情也充滿了驚惶和畏懼。

然後門外就有一個高大威猛滿頭銀髮如絲的老人，慢慢的走進了這間屋子。

李壞的心沉了下去。

如果這個世界上還有一個他看見了就會頭痛的人，大概就是這個人。

四

老人的白髮如銀絲，一身衣裳也閃燦著銀光，連腰帶都是用純銀合白金所製。

他自己也不否認他是個非常奢侈非常講究非常挑剔的人，對衣食住行中每一個細節都非常講究挑剔。

每個人都知道這是他的缺點，可是大家也不能否認他的優點遠比他的缺點多得多。

最重要的一點是，他絕對有資格享受所有他所喜愛的一切。

老人背負著雙手，緩緩的踱入了這間大廳。韓峻、方天豪，立刻用一種出自內心的真誠敬畏的態度，躬身行禮。

「大總管，幾乎已經有十年未履江湖了，今天怎麼會忽然光臨此地？」方天豪說。

「老莊主最近身子可安泰？」韓峻用更恭敬的態度問：「少莊主的病最近有沒有好一點？」

老人只對他們淡淡的笑了笑，什麼話都沒有回答，李壞卻大聲搶著說：

「老莊主的身子一天比一天壞，小莊主已經病得快死了，你們問他，他能說什麼？他當然連一個屁都不會放。」

「大膽，無禮。」

方、韓齊聲怒喝，韓峻搶著出手，他本來早已有心殺人滅口，這種機會怎麼會錯過。

他用的當然是致命的煞手。

江湖中也不知道有多少人死在這一擊之下。

一個已經被人點了十七八處重要穴道的人，除了死之外，還有什麼戲唱？

可是李壞知道他一定還有戲唱，唱的還是他最不喜歡唱的一齣戲。

五

韓峻盡全力一擊，一石二鳥，不但滅口，也可以討好這位當世無雙的大人物大總管。

他這一擊出手，意在必得。

想不到銀光一閃間，他的人已經被震得飛了出去，更想不到的是那一道閃動的銀光居然竟是大總管長長的袍袖。

方天豪赫然。

更令人吃驚的是，受大家尊敬而被李壞羞辱的大總管此刻居然走到李壞面前，用一種比別人對他自己更尊敬的態度躬身行禮。

方天豪和韓峻幾乎不能相信自己的眼睛，這種事怎麼可能會在這個世界上發生呢？

更令他們不能相信的是自己的耳朵，因爲這位滿身銀衣燦爛威猛如天神的老人，現在居然用一種謙卑如奴僕的聲調對李壞說：

「二少爺，小人奉莊主之命，特地到這裡來請二少爺回去。」

回去？

一個沒有根的浪子，一個從小就沒有家沒有親人沒有飯吃的壞孩子，能回到哪裡去？

長亭復短亭，何處是歸程？

六

可可忽然出現在門口，阻住了這個沒有人敢阻止的銀髮老人。

「你是誰？你就是廿年前那個殺人如麻的鐵如銀鐵銀衣？」

「我就是。」

「你爲什麼要把他帶走？」

「我是奉命而來的。」

「奉誰的命？」

「當世天下英雄沒有人不尊敬的李老莊主。」

「他憑什麼要他跟你走？我救過他的命，爲了他犧牲我自己一輩子的幸福，我已經有了他的孩子，這一次費盡了心血才把他捉住，甚至不惜讓我從小生長的一個城鎮都變成了死城。」

可可的聲音已因呼喊而嘶啞。

「我爲什麼不能留下他？那個姓李的老莊主憑什麼要你帶走他？」

鐵銀衣沉默了很久，才一個字一個字的說：「因爲那位李老莊主是他的父親。」

「是他的父親？」可可狂笑，「他的父親替他做過什麼事？從小就不要他不管他，現在有什麼資格要你帶他回去？」

可可的笑聲中已經有了哭聲，用力拉住了李壞的衣袖。

「我知道你不會回去，你從小就是個沒人要，沒人理，沒人管的孩子，現在爲什麼要回去？」

「我要回去。」

「爲什麼？」

李壞也沉默了很久，才一個字一個字的說：「我也不知道，我真的不知道。」

其實他是知道的。

每一個沒有根的人，都希望能找到一個屬於自己的根。

七

這一天又有明月。

這時候明月下也有一個人和可可一樣在流淚，用一縷明月般的衫袖悄悄的拭去她臉上在明月下悄悄流落的淚痕。

第二部

往事九年如煙

一 李壞的家

一

遠山，山城。

也不知道是哪一年的大年初一早上，遠處的爆竹聲不停的在響。滿地銀白的瑞雪，象徵著這一年的豐收，對大多數人來說，這一年無疑是充滿了歡愉的一年。

可是對這個小孩來說，這一年也跟其他許多年沒什麼不同，也只有羞辱、苦難和飢餓。

在這個世界上，他沒有一個親近的人，沒有一天安裕的日子。

在這個世界上，他根本什麼都沒有。

別人最歡愉最快樂的時候，就是他最痛苦最寂寞的時候。

他一個人躲在山腳旁的一個草寮裡，紅花、鮮果、新衣、爆竹、餃子、紅燒肉和壓歲錢，這一切都是屬於別的小孩的，他從未夢想過會得到這些。

剛才雖然有一個穿紅衣服的小女孩，用一塊紅絲巾包了一隻雞腿、兩塊燒肉、三張油餅、四個滷蛋、五、六卷糖糕，悄悄的跑來送給他，卻被他趕走了。

他不要別人可憐他，也不要別人的施捨。

那個小女孩哭哭啼啼的走了，把雞腿、燒肉、油餅、滷蛋、糖糕都灑落在積雪的山坡上，只要他走出去就可以撿回來吃，既沒有人會看見，也沒有人會恥笑。

可是他沒有去撿。

雖然他餓得要死，也沒有去撿，就算他會餓死，也絕不會去撿的。

他天生就是這種脾氣。

他的血脈裡，天生流的就是這種血，永不妥協，永不屈服，絕不低頭。

二

一個高大威猛滿頭銀髮的老人突然出現在他面前，已經在遠處靜靜的看了他很久，也觀察了他很久。

小孩也在瞪著他，用一種兇巴巴的態度問：

「大年初一，你不在家裡陪著孩子過年，跑到這裡來瞪著我看什麼？我有什麼好看的？」

老人的態度很嚴肅，嚴肅的幾乎接近沉痛。

「你姓什麼？」老人問小孩。

「我不知道。」

「你不知道？原來你連自己姓什麼都不知道。」

「爲什麼一定要知道？」小孩撇著嘴斜著眼挺著胸，「我沒有爹沒有娘沒有姓，那是我家的事，跟你有什麼狗屁關係，你憑什麼問我？」

老人看著他，眼中的沉痛之色更深。

「你怎麼知道跟我沒關係？我到這裡來，就是特地來找你的。」

「找我？你又不認得我，找我幹嗎？」

「我認得你。」

「你認得我？你怎麼會認得我？」小孩忽然有點吃驚了。「你知道我是誰？」

「我知道，我當然知道。」老人的聲音充滿悲傷和哀痛。「我也認得你的父親，如果沒有他，現在我就算還活著沒死也比你更慘。」

小孩吃驚的看著他，看了很久。

「你是誰？」小孩問老人。「你姓什麼？」

「我姓鐵。」

「那麼我呢？」

「你姓李。」老人說：「你的名字應該叫李善。」

小孩忽然笑了。

「李善，我的名字應該叫李善？像我這麼樣的人，就算姓李，也應該叫李壞。」

二　骨血

一

老人帶著小孩走了。

「你要帶我到哪裡去？」

「帶你回家去。」

「回家？我哪裡有家？」

「你有的。」老人說：「我相信你一定會以你的家為榮，你的家也一定會以你為榮。」

「以我為榮？像我這麼樣一個已經從頭頂壞到腳底壞透了的壞小孩？」

「你不壞。」

「我還不壞？怎麼樣才算壞？」

「能做得出那種卑鄙無恥下流的事的人才算壞。」老人說：「可是你做不出。」

「你怎麼知道我做不出？」

「因為你是李家的人，是李家的骨血。」老人的態度更嚴肅。「只要你能保持這一點骨氣，我也敢保證世界上絕沒有任何人敢對你有一點輕賤。」

二

於是李壞回家了，那是他第一次回家，那是在九年之前。

現在李壞又回家了。

物是人非，歲月流轉。九年，一個孩子已經長大了。

九年，一種天下無雙的絕技已練成。

九年，一宗富可敵國的寶藏已經被找到。

九年，九年間的變化有多麼大？

第三部

一戰銷魂

一 公孫太夫人

一

「你要我回去，我就跟你回去。你至少也應該答應我一件事。」

「什麼事？」

「我要喝酒，要痛痛快快的喝一頓。」

「好，我請你喝酒。」鐵銀衣說：「我一定讓你痛痛快快的喝一頓。」

二

高地，高地上一片平闊。秋風吹過，不見落葉，因爲這一塊原野上連一棵樹木都沒有。

可是一夜之間，這地方忽然變了。忽然有二十餘頂戴著金色流蘇的帳篷搭起，圍繞著一頂用一千一百二十八張小牛皮縫成的巨大帳篷。

這是早上的事。

前一天才來過的牧人，早上到了這裡都以爲自己走錯了地方。

到了中午，人們更吃驚了，更沒法子相信自己的眼睛。

裡。

草地上忽然鋪起了紅氈，精緻的木器、桌椅、床帳，一車一車的運來。分配到不同的帳篷裡。

主篷裡的餐桌上已經陳設好純金和純銀的酒具。

然後來的是七八輛寬闊的大車，從車上走下來的是一些肚子已經微微突起的中年人，氣派好像都很大，可是臉上卻彷彿戴著一層永遠都洗不掉的油膩。

很少有人認得他們，只聽見遠處有人在吆喝。

「天香樓的陳大師傅，鹿鳴春的王大師傅，心園春的杜大師傅，玉樓春的胡大師傅，狀元樓的李大師傅，奎元館的林大師傅，都到了。」

黃昏前後，又來了一批人。來的是一輛輛軟馬香車，從車上走下來的是一些被侍兒、丫環、艷女、俊童圍繞著的絕色美人，每一個都有她們特出的風采和風格，和她們獨特的吸引力。

她們被分配到不同的帳篷裡去。

最後到達的當然是鐵銀衣和李壞。

三

李壞來的時候，天已經黑了，帳篷裡已經亮起了輝煌燦爛如白晝的燈火。

李壞瞇起了眼，瞇著眼笑了。

「別人都說鐵大總管向來手筆之大，天下無雙。那倒是真的一點都不假。」

「我答應你要痛痛快快的請你喝一頓，要請就要請得像個樣子。」

「看這個樣子，今天晚上我好像非醉不可。」

「那麼你就醉吧！」鐵銀衣說：「我們不是朋友，可是今天晚上我可以陪你醉一場。」

「我們爲什麼不是朋友？」李壞問。

鐵銀衣看著他，眼中的表情又變得非常沉重嚴肅。

「一定要記住，你是李家的二少爺，以你現在的身分和地位，天下已經沒有一個人配做你的朋友。」

他一個字一個字的接著說：「你更要記住，喝完了今天晚上這頓酒之後，你大概也沒有什麼機會再像這樣子喝酒了。」

「爲什麼？」

「因爲現在你已是天下無雙的飛刀傳人。」鐵銀衣的神色更沉重。「要做這種人就一定要付出非常痛苦的代價。」

「那麼我爲什麼要做這種人？」

「因爲你天生就是這種人，你根本就別無選擇的餘地。」

「難道我就不能活得比較快樂點？」

「你不能。」

李壞又笑了。「我不信，我就偏要想法子試一試。」

四

不管最後酒醒會多麼消沉頹廢情緒低落，在喝酒的時候總是快樂的，尤其是在琥珀樽前美人肩上。

所以李壞喝酒。

鐵銀衣也喝，喝得居然不比李壞少。

這個在二十年前就已經縱橫天下，殺人如麻，臉上從來沒有露出過絲毫情感的老人，心裡難道也有什麼解不開的結？一定要用酒才能解得開？

酒已將醉，夜已深。

在夜色最黑最深最暗處，忽然傳出一陣奇異而詭秘的聲音，就好像蚊蟲飛鳴時那種聲音一樣，又輕又尖又細，可是從那麼遠那麼遠的地方傳來，聽起來還是非常清楚，就像是近在身邊一樣。

鐵銀衣那兩道宛如用銀絲編織起來的濃眉，忽然皺了皺。

李壞立刻問他。

「什麼事？」

「沒事，喝酒。」

這一大觴酒剛從咽喉裡喝下去的時候，就看見一個人從帳篷外走了進來。

一個非常奇怪的人，用一種非常奇怪的姿態和步伐走了進來。

這個人就好像一面跳舞一面走進來的一樣。

五

這個人的腰就像是蛇一樣，甚至比蛇更靈動柔軟，更善於轉折扭曲。隨隨便便的就可以從一個任何人都想像不到的角度扭轉過來。忽然間又從一個任何人都想像不到的方向扭轉出去。扭轉的姿勢又怪異又詭秘又優美，而且帶著種極原始的誘惑。

這個人的皮膚就像是緞子一樣，卻沒有緞子那種刺眼的光澤。

它的光澤柔美而溫和，可是也同樣帶著種原始的誘惑力。

這個人的腿筆直而修長，在肌肉的躍動中，又帶著種野性的彈力和韻律。

一種可以讓每個男人都心跳不已的韻律。

就隨著這種韻律，這個人用那種不可思議的姿態走進了這個帳篷。

大家的心跳都加快了，呼吸卻似已將停止，就連李壞都不例外。

後來每當他在酒後碰到一個好友的時候，他都會對這個人讚美不已。

「那個人真是個絕世無雙的美人，我保證你看見他也會心動的。」李壞說：「我保證只要還是個男人的男人看見他都會心動的。」

「你呢？你的心有沒有動？」

「我沒有。」

「難道你不是男人？」

「我當然是個男人，而且是個標準的男人。」

「那麼你的心爲什麼沒有動？」

「因爲那個人也是個男人。」

於是聽的人大家都絕倒。

六

這個遠比世界上大多數女人都有魅力的男人，扭舞著走到鐵銀衣和李壞面前，先給了李壞一個簡直可以把人都迷死的媚眼。然後就用一雙十指尖尖，如春筍的玉手把一個織錦緞的盒子放在他們的桌子上。

然後他又給了李壞一個媚眼，當然也沒有忘記給鐵銀衣一個。

他的腰肢一直不停的在扭舞。

他的腰真軟。

李壞居然覺得自己的嘴有點發乾。

鐵銀衣卻只是冷冷的看著，神色連動都沒有動。

這個人用最嫵媚的態度對他嫣然一笑，旋風般的一輪轉舞，人已在帳篷外。

他的笑，他的舞，已足以使在座的名妓、美人失去顏色，只有鐵銀衣仍然聲色不變。

「你真行。」李壞說：「看見了這樣的女人，居然能無動於衷。」

「他如果是女人，我一定會把他留下來的，只可惜他不是。」

「他不是女人？」

「他根本就不是人，既不是男人，也不是女人。」

「他是什麼？」

「他只不過是個人妖。」鐵銀衣說：「崑州六妖中的一妖。」

李壞不笨。

「我明白了，只不過還是有點不懂，這個人妖來找你幹什麼？」

「你爲什麼不先看看這個盒子裡有什麼？」

打開盒子，李壞愣住。無論誰打開這個盒子都會愣住。

在這個鋪滿了紅緞的盒子裡裝著的，赫然只不過是一顆豆子，一顆小小的豆子。

一顆豆子有什麼稀奇？

一顆豆子有什麼值得大驚小怪的呢？爲什麼要一個那麼怪異的人用那麼怪異的方法送到這裡來？

李壞想不到，所以才愕住。

「你鄭重其事要我看的就是這樣東西？」李壞問鐵銀衣。

「是的。」

「這樣東西看起來好像只不過是一顆豆子而已。」

「是的。」鐵銀衣的表情仍然很凝重，「這樣東西看起來本來就只不過是一顆豆子而已。」

「一顆豆子有什麼了不起？」

「一顆豆子當然沒有什麼了不起。」鐵銀衣說：「如果它真的是一顆豆子，當然沒有什麼了不起。」

「難道這顆豆子並不是一顆真正的豆子？」

「它不是。」

「那麼它是什麼？它不是豆子是什麼？它是個什麼玩意兒？」

鐵銀衣的神色更凝重，一個字一個字的說：「它絕不是什麼玩意兒。」

「它不好玩？」

「絕不好玩，如果有人要把它當做一個好玩的玩意兒，必將在俄頃間死於一步間。」

李壞又愣住了。

李壞絕不是一個常常會被別人一句話說得愣住的人，可是現在鐵銀衣說的話他卻完全不懂。

「它是一種符咒，一種可以在頃刻之間致人於死的符咒。」

「我想起來了。」李壞叫了起來：「這一定就是紫藤花下的豆子。」

「是的。」

「聽說紫藤花如果把這種豆子送到一個人那裡去，不管那個人是誰，只要看見這顆豆子，就等於已經是個死人了。」

「是的，」鐵銀衣道：「所以我才說這顆豆子是一種致命的符咒。」

「接到這種豆子的人真的全都死了？真的沒有一個人能例外？」

「沒有！到目前爲止還沒有。」

「聽說她是個女人，什麼樣的女人有這麼厲害？」

鐵銀衣又沉默了很久，才一個字一個字的說：「你還年輕，有些事你還不懂，可是你一定要記住，這個世界上厲害的女人遠比你想像中的多得多。」

李壞忽然也不說話了。

因爲他忽然想起了月神，又想起了可可。

——她們算不算是厲害的女人？

李壞不願意再想這件事，也不願意再想這個問題，他只問鐵銀衣。

「你見過紫藤花沒有？」

「沒有。」

李壞長長的吐出了一口氣，臉上又露出了那種他特有，也不知道是可惡還是可愛的笑容。

「那麼這顆豆子就一定不是送給你的。」李壞說：「所以它就算真的是一種致命的符咒，也跟你一點關係都沒有。」

鐵銀衣盯著他看了很久，冷酷的眼睛裡彷彿露出了一點溫暖之意，可是聲音卻更冷酷了。

「難道你認爲這顆豆子是給你的？難道你要把這件事承擔下來？」

李壞默認。

鐵銀衣冷笑。「喜歡逞英雄的年輕人，我看多了。不怕死的年輕人，我也看得不少。只可惜這顆豆子你是搶不走的。」

「我真的搶不走？」李壞問。

鐵銀衣還沒有開口，李壞已經閃電般出手，從那個織錦緞的盒子裡，把那個致命的豆子搶了過來。豆子從他掌心裡面一下子彈起，彈入他的嘴，一下子就被他吞進了肚子。就好像一個半醉的酒鬼在吃花生米一樣。然後又笑嘻嘻的問鐵銀衣：

「現在是我搶不走你的豆子，還是你搶不走我的豆子？」

鐵銀衣變色。

因爲這句話剛說完，李壞臉上那種頑童般的笑容就已凍結，忽然間就變得說不出的詭異可怖，就好像是一個被凍死的人一樣。

如果你沒有看見過被凍死的人，你絕對想像不到他臉上的表情是什麼樣子。

鐵銀衣的瞳孔在收縮，全身的肌肉都在收縮。

如果你沒有看到鐵銀衣現在的表情，你也絕對想像不到這樣一個如此冷靜冷酷冷漠的人，會變成現在這個樣子。

這時候那種蚊鳴般奇異的聲音又響起來了，聽起來雖然還是很清楚，可是仍然彷彿在很遠的地方。

其實呢？其實已經不遠。

七

這種聲音居然是從一把胡琴的琴弦上發出來的。

蚊子當然不會拉胡琴，只有人才會拉胡琴。

一個豐滿高大艷麗、服飾華貴，雖然已經徐娘半老可是她的風韻仍然可以讓大多數男人心跳的女人，扶著一個憔悴枯瘦矮小、衣衫襤褸滿頭白髮蒼蒼的老人，忽然出現在帳篷裡。

他們明明是一步一步一步慢慢的攙扶著走進來的。

可是別人看見他們的時候，他們已經在這帳篷裡了。

老人的手裡在拉著胡琴。

一把破舊的胡琴，弓弦上的馬尾已發黑，琴弦有的也已經斷了，發出來的聲音就好像蚊鳴般讓人覺得說不出的煩厭躁悶。

老人的臉已經完全乾癟，一雙老眼深深的陷入眼眶裡，連一點光采都沒有，原來竟是個瞎子。

他們進來之後就安安靜靜的站在門邊的一個角落裡。既不像要來乞討，也不像是個賣唱的歌者。

可是每個人都沒法子不注意到他們，因爲這兩個人太不相配了。

更令人驚奇的是，胡琴雖然就近在面前，可是如蚊鳴的琴聲仍然像是從很遠很遠很遠的地方傳過來的。

只有一個人不注意他們，連看都沒有看過他們一眼，就好像他們根本不存在一樣。

這個人就是鐵銀衣。

這時候李壞不但臉上的笑容凍結僵硬，全身都好像已凍結僵硬。

事實上，任何人都應該能夠看得出，就算他現在還沒死，距離死也已不遠了。

奇怪的是，鐵銀衣現在反而變得一點都不擔心，好像李壞的死跟他並沒有什麼關係，又好像他自己也有某種神秘的符咒，可以確保李壞絕不會死的。

八

蚊鳴的胡琴聲已經聽不見了。

帳篷外忽然響起了一陣節奏強烈明快而奇秘的樂聲，也不知道是什麼樂器吹奏出來的。

剛才那個腰肢像蛇一般柔軟扭動的人，又跳著那種同樣怪異的舞步走了進來。

不同的是，這次他不是一個人來的。

這次來的有七個人，每個人看起來都和他同樣怪異妖媚，隨著樂聲，跳著各式各樣怪異妖媚的舞步，穿著各式各樣怪異妖媚的舞裝，把自己大部份胴體都暴露在舞衫外，看起來甚至比那些由波斯奴隸販子從中東那一帶買去的舞孃更大膽。

這些人當然也全都是男的。

樂聲中帶著種極狂野性的挑逗，他們舞得更野。

這種樂聲和這種舞使人雖然明明知道他們是男的，也不會覺得噁心。

就在這群狂野舞者的腰和腿扭動間，大家忽然發現他們之中另外還有一個人。

他們是極動的，這個人卻極靜。

他們的胴體大部份都是裸露著的，這個人卻穿著一件一直拖長到腳背的紫色金花斗篷，把全身上下都完全遮蓋，只露出了一張臉。

一張無論誰只要看過一眼，就永生再也不會忘記的人。

因爲這張臉實在醜得太可怕，可是臉上卻又偏偏帶著種無法形容的媚態，就好像隨時隨地都可以讓每一個男人都完全滿足的樣子。

有人說，醜的女人也有魅力的，有時候甚至比漂亮的女人更能令男人心動，因爲她的風姿態度，一顰一笑，一舉一動都能挑逗起男人的慾望。

看到了這個女人，這句話就可以得到證實。聽到了她的聲音，更沒有人會對這句話懷疑。

她的聲音沙啞而低沉。

她對鐵銀衣笑了笑，就慢慢走到李壞面前，凝視著李壞，看了很久。

「這個人就是李壞？」她問鐵銀衣。

「他就是。」

「可是我倒覺得他一點都不壞。」

「哦？」

「他非但一點都不壞，而且還真是條好漢。像他這種男人連我都沒見過。」

「哦？」

「敢把我的豆子一口吞到肚子裡的人，普天之下，他還是第一個。」

鐵銀衣故意用一種很冷淡的眼色看著這個女人，故意用一種很冷淡的聲音說：

「豆子好像本來就是給人吃的，普天之下每天也不知道有多少個豆子被人吃下肚子。」

「可是我的豆子不能吃。」

「爲什麼？」

「因爲無論誰吃下我的豆子都非死不可，在一個對時間就會化爲膿血。」

鐵銀衣冷笑。

「你不信？」這個女人問他。

鐵銀衣還是在冷笑。

這種冷笑的意思很明顯，那就是說他把她說的話完全當作放屁。

這個女人也笑了，笑得更柔媚。

「我想你應該知道我是誰。」

「我知道。」鐵銀衣冷冷的說：「你就是紫藤花。」

「你既然知道我是誰，爲什麼還不相信我的話？」

「因爲我也知道李壞絕不會死。」

「你錯了。」紫藤花柔聲道：「我可以保證無論誰吃下我的豆子都會死的，這位李壞先生也不能例外。」

「這位李壞先生就是能例外。」

他的聲音中充滿自信，無論誰都知道鐵銀衣絕不是一個愚蠢無知的人，他能說出這種話絕不是沒有理由的，所以紫藤花已經開始覺得有些奇怪了。

「爲什麼？爲什麼他能例外？」

「因爲公孫太夫人。」

公孫太夫人，聽起來最多也只不過是個老太婆的名字而已，最多也只不過是一個比別的老太婆有名一點，有錢一點，活的比較長一點的老太婆而已。

可是像紫藤花這樣殺人如斬草的角色，聽見這個名字，臉上的魅力好像也減少了幾分。

鐵銀衣還是用那種非常冷淡的聲音說：

「我想你一定也知道公孫太夫人是個什麼樣的人，也應該知道她做的是什麼事。」

紫藤花也故意用一種同樣冷淡的聲音說：

「我好像聽說過這個人，聽說她也只不過是個只要有人出錢就肯替人殺人的兇手而已，只不過價錢比較高一點而已。」

「只不過如此而已？」

「除此以外，難道這個人還有什麼不得了的地方？」

「如果你真的不知道，那麼我可以告訴你。」鐵銀衣說：「一百七十年來，江湖中最可怕的殺手，就是這位公孫太夫人。當今江湖中資格最老，身價最高的殺手，也就是這位公孫太夫人。」

「我好像聽說過還有一位月光如刀，刀如月光的月神。」紫藤花故意問：「江湖中是不是真的有這麼樣一個人？」

「是的。」

「你見過她？」

「沒有。」鐵銀衣說：「她也像閣下和公孫太夫人一樣，都是很難見得到的人。」

紫藤花的媚笑如水：「可是你今天已經見到了我。」

鐵銀衣道：「那只不過是因爲你認爲李壞已死，只要你和你的崑州六妖一到，我們這些看到過你的人，也都必死無救。」

紫藤花輕輕的嘆了口氣。

「你真是個周到的人，替別人都能想得這麼周到。」

「幸好你不是我這種人。」鐵銀衣說：「有很多事你都沒有想到。」

「哦？」

「至少你沒有想到公孫太夫人今天也會來。」

「哦？」

「公孫太夫人也像月神和你一樣，都不是輕易肯出手的人，可是只要有人真能出得起你們的價錢，你們也答應出手，你們就必定會現身。」

鐵銀衣說：「只要你們一現身，就絕不會讓別人搶走你們的生意，你們兩位都同樣絕不會讓你們要殺的人死在別人手裡。」

紫藤花承認。

「這一點江湖中人人都知道，本來根本用不著我多說的。」鐵銀衣說。

「那麼你現在爲什麼要說？」

「因爲我忽然想到了一個很有趣的問題。」

「什麼問題？」

「一個人只能死一次，如果你們兩位同時出現在一個地方，同時要殺一個人，那麼這個人應該死在誰的手裡？」

紫藤花無疑也覺得這個問題很有趣。所以想了很久之後才問鐵銀衣。

「你看呢？」

「我也沒有什麼很特別的看法，我只不過知道一件事實而已。」

「什麼事實？」

「公孫太夫人，自從第一次出手殺嶗山掌門一雁道長於渤海之濱後，至今已二十二年，根據武林中最有經驗，最有資格的幾位前輩的推測和判斷，她又曾出手過二十一次，平均每年一次，殺的都是當代武林中的頂尖人物。」

「這些老傢伙又是根據什麼來判斷的？」

「根據公孫太夫人出手殺人的方式和習慣。」

「他們判斷出什麼？」

「二十一年來，公孫太夫人出手殺人從未被人抓到過一點把柄，也從未發生過一點錯誤，當然更從未失手過一次。」

紫藤花又笑了。

「這個記錄其實我也聽人說過。」她問鐵銀衣：「我呢？」

「你殺的人當然比她多。」鐵銀衣說：「你從十三年前第一次刺殺楊飛環於馬蒐坡前，至今已經殺了六十九人，殺的也都是一流高手，也從未有一次失手。」

「那麼算起來我是不是比公孫太夫人要強一點？」紫藤花媚笑著問。

「這種算法不對。」鐵銀衣說：「你比她要差一點，並且好像還不止差一點而已。」

「爲什麼？」

「因爲你在這七十次殺人的行動中，最少曾經出現過十三次錯誤，有的是時間上算得不準，有的是未能一擊致命，還有兩次是你自己也負了傷。」鐵銀衣冷冷的說：「這十三次的錯誤，每一次都可能會要你的命。」

他冷冷淡淡的看著紫藤花，冷冷淡淡的下了個結論：「所以你是絕對比不上公孫太夫人。」

紫藤花的笑好像已經笑得沒有那麼冶艷嫵媚了，她又問鐵銀衣。

「你的意思是不是說，如果今天公孫太夫人也到了這裡，也要殺我們這位李先生？那麼李先生就一定會死在她手裡？」

「我的意思大概就是這樣子。」鐵銀衣說。

「如果公孫太夫人不讓她要殺的人死在你手裡，那麼閣下大概就殺不死這個人。」

紫藤花又盯著李壞看了半天，臉上又漸漸露出那種令人無法抗拒的笑容。

「這一次你大概錯了，我們這位李先生現在好像已經是個死人了。」紫藤花說：「你自己也說過，一個人最多只能死一次。」

他說的不錯。

一個人絕對只能死一次，一個人如果已經死在你手裡，就絕對不可能再死在第二個人手裡。

這個不爭的事實，沒有人能否認。

二 夜迷濛

一

蛇腰仍在不停扭動，樂聲仍在繼續。

狂暴喧鬧野性的樂聲，就好像戰場上的鞞鼓、馬蹄、殺伐、金鐵交鳴聲一樣。是天地間沒有任何聲音可以壓倒中止的。

可是現在樂聲忽然被壓倒了。

被一種像蚊鳴一樣的琴聲壓倒了。

如果你不曾在戰場上，你永遠無法了解這種感覺。

如果你曾經在戰場上，兩軍交陣，血流成渠，屍橫遍野。督帥後方的戰鼓雷鳴，你的戰友和你的仇敵就在你身前、身側刀劍互擊，頭斷骨折，血濺當地，慘叫之聲如裂帛。

可是這個時候如果有一隻蚊子在你的耳畔飛鳴，你聽到的最清楚的聲音是什麼？

一定是蚊子的聲音。

如果你曾經到過戰場，曾經經歷過那種情況，你才能了解這種感覺。

因爲在這個帳篷裡的人，在這一瞬間忽然都覺得耳畔只能聽得見那一絲絲一縷縷蚊鳴般的琴聲，別的什麼聲音都聽不見了。

那個豐滿高大艷麗服飾華麗，雖然已經徐娘半老，可是風韻仍然可以讓大多數男人心跳的女人，就在這種不可思議的琴聲中，離開了她身邊那個拉胡琴的瞽目老者，用一種異常溫柔嫻靜的姿態，慢慢的從角落走了出來，走到鐵銀衣面前。

「謝謝你。」

她說：「謝謝，你對我們的誇讚，我們一定會永遠牢記在心。」

鐵銀衣站起來，態度嚴肅誠懇：「在下說的只不過是實情而已。」

「那麼我也可以向閣下保證，閣下說的一點都沒有錯。」這位可親又可敬的婦人也襝衽爲禮：「我可以保證李壞先生在今晨日出之前絕不會死。」

現在夜已深，距離日出的時候已不遠，但是濃濃的夜色仍然籠罩著大地，要看見陽光穿破東方的黑暗，還要等一段時候。

這位文雅的婦人在帳篷裡輝煌的燈火下，看來不但可親可敬，而且雍容華貴，沒有人會懷疑她說的任何一句話。

「我相信。」鐵銀衣說：「太夫人說的話，在下絕對相信。」

紫藤花好像忍不住要笑，卻又故意忍住笑。問鐵銀衣：

「這位女士真的就是公孫太夫人？」

「大概是真的。」

「可是她看起來實在不像，太夫人的年紀怎麼會這麼輕？」紫藤花說：「太夫人說出來的話，怎麼會這麼樣不負責任？」

文雅的夫人也媚笑著向她檢衽為禮。

「你說我年輕，我實在不敢當。你說我不負責任，我也承擔不起。」

「我的契約是要在日出時取他的性命，日出前他當然絕不會死。」公孫道：「就算他已經死了，我也會讓他再活回來一次，然後再死在我手裡。」

紫藤花輕輕的嘆了口氣，那六個蛇腰舞者，忽然間已圍繞在公孫四側。六個人的腰肢分別向六個不同的方向彎轉下去，六個人的手也在同時從十二個不同的方向，向公孫擊殺過來。

十二個方向都是令人意想不到的方向，除了他們六個人之外，江湖中已經沒有任何人能從這種部位發出致命的殺手。

這位可敬的夫人，眼看就要在瞬息間變成一個可敬的死人了。

拉胡琴的老人還是在奏著他單調的琴聲，臉上依然無顏無色，彷彿真的什麼都看不見。

鐵銀衣也沒有插手，對這件事，他好像已置身事外。

六個奇麗詭異妖艷的人妖，十二隻銷魂奪命的妙手，十二招變幻無方的殺著。

去。

慘呼聲卻只有一聲。

這一聲慘呼並不是一個人發出來的，而是六個人在同一刹那間同時發出來的。

崑州六妖慘呼著倒下去時，全身上下好像連一點傷痕都沒有，就好像是憑白無故就倒了下去。

可是，忽然間，這六個人雙眉間的眉心之下，鼻樑之上，忽然間就像是被一把看不見的鋼刀斬斷，裂開，裂成一條兩三分的血眼。

這隻血眼就好像是第三隻眼，把他們這些人的兩隻眼連結到一起。

忽然之間這六個人的臉上都變得沒有眼睛了，都變得只剩下了一條血溝。

他們的一雙眼和雙眼之間的鼻樑，已經被忽然湧出的鮮血匯成了一條血溝。

二

鐵銀衣臉上的顏色沒有變，紫藤花居然也沒有變。這個帳篷裡根本沒有變色的人，因爲半個時辰之前還沒有昏倒，還能夠逃跑的人都已經逃跑了。

就連一向以文靜、賢淑、優雅、明禮、明智聞名的九州名妓——宋優兒，逃走的時候都變得一點都不優雅、文靜。

她跑出去的時候，看起來簡直就好像被屠夫在屁股上砍了一刀的野狗。

可親而可敬的公孫氏，又輕輕的嘆了口氣。

「公孫太夫人，現在我真的佩服你。你這一招六殺，出於無形無影，我相信大概很少有人能看得出我這六個小怪物是怎麼死在你手裡的。」

「不敢當。」

「讓人看不懂的招式，總是讓人不能不佩服的。」紫藤花說：「所以等太夫人魂歸九天之後，每年今天我一定以香花祭酒，來紀念太夫人的忌辰。」

「不敢當。」

公孫太夫人還是文文雅雅的說：「只可惜明年今日好像我還沒有死，就好像李壞先生還沒有死一樣。」

「你真的相信你還能救活他？」

「用不著我來救活他，如果他真的死了，也沒有人能救得活他。」

「那麼你難道認爲他還沒有死？」

公孫太夫人又嘆了口氣。

「如果你認爲李壞先生現在已經真的死了，那麼你就實在太不了解李先生這個人了。」

「哦？」

「如果李壞先生真的會死在你那麼樣一顆小小的豆子下，那麼李壞先生就不是李壞先生了。」

這時候，還留在帳篷裡的人，忽然聽見有一個人笑出了聲音來。

紫藤花聽到這個人的笑聲，卻笑不出來了。

她永遠想不到這個人還會笑。

這個忽然笑出來的人，居然就是明明已經死了的李壞。

三

一個在一個時辰前忽然冰凍了死冷了的李壞，如今居然會笑了。居然還能站起來，居然還能走路。

這位李壞先生居然走到了紫藤花面前，居然對這個一心想要他在日出之前就死的女人，客客氣氣的微笑，恭恭敬敬的用兩隻手送上一樣東西，一樣小小的東西。

「這是你的豆子。」李壞說：「我還給你。」

「謝謝你。」紫藤花也露出她最嫵媚的笑容：「其實我也應該想得到，像李先生這麼聰明的人，當然不會把這種不容易消化的東西真的吃下去。只不過我還是沒想到李先生裝死的本事居然這麼高明。」

李壞笑。

「那是我從小就練出來的，我偷了別人的東西吃，別人要打死我，我就先裝死。」他說：「一個從小就沒飯吃的野孩子，總得要先學會一點這一類的本事。以後每當遇到這一類的情況，我也改不了這種毛病。」

「等到這個野孩子長大後又練成某一些神奇的內功時，裝死的本事當然也就更高了。」

「這一點我倒也不敢妄自菲薄，裝死如果裝得不像，怎麼能騙得過紫夫人？」

「李先生。」紫藤花媚笑著用兩根青蔥般的玉指拈起了李壞手掌上的豆子：「我真的很佩服你，也很喜歡你，我相信你心裡大概也很喜歡我。」

李壞嘆了口氣。

「老實告訴你，像你這樣的女人，我想不喜歡你都不行。」

「那麼我能不能求你為我做一件事。」

「什麼事？」

「你能不能為我真的死一次？」

任何人都應該想像得出，說到這種話的時候，必然更該到了出手的時候。在這句話開始說的時候，紫藤花已經應該出手。

這出手一擊必然是生死的關鍵。

奇怪的是，這句話說完了很久，紫藤花還是連一點出手的意思都沒有。這一瞬間本來是她出手的良機，良機一失，永不再來，只有笨蛋才會錯過這種機會。

紫藤花當然絕不是個笨蛋，可是在這一瞬間她卻真的顯得有點笨笨的樣子。

她一直想要李壞的命，李壞這種人本來也絕不會放過她的。在她顯出這種笨笨的樣子的時候，當然也是李壞最好的機會。

可是李壞居然也沒有出手。

這兩個絕頂聰明的人怎麼會忽然一下子全都變成了笨蛋。

更怪的是旁邊居然還有人爲笨蛋拍手鼓掌。

公孫太夫人鼓掌。

「李先生，你真是了不起，連我都不能不佩服你。」

「不敢當。」

「你究竟是用什麼法子把她制住？」

「我只不過在她來拿我手裡這顆豆子的時候，偷偷的用我的小指尖，在她掌緣上的一些小穴道旁邊，輕輕的掃了一下而已。」

「所以說過了兩句話之後，她的這隻手就忽然變得麻木了，當然就不能再出手。」

「現在她的右半邊身子，是不是已經完全麻木了？」公孫太夫人問李壞。

「大概是這個樣子的。」

「所以你也不必再出手了。」

李壞笑，公孫嘆息：「李先生，不是我恭維你，你手上功夫之妙，放眼天下，大概也找不出三個人能比得上你的。」

李壞眨眼，微笑，故意問：

「找不出三個人，兩個人總是找得出來的，太夫人是不是這兩個人其中之一？」

「如果我說是，你一定不信，如果我說不是，你也一定不信。」

「我明白。」李壞的回答極誠懇。

四

根據江湖中所有能夠蒐集到的資料來評斷，如果說公孫太夫人的成績能夠達到第一級的水準，甚至可以說是超級的水準，那麼我們的李壞先生最多只能說是第三級。

在公孫太夫人的記錄中，從來沒有過「失敗」這兩個字。

可是在李壞的記錄中，卻好像從來都未曾沒有過「失敗」這兩個字。

在這種比較之下，李壞還有什麼路可走？

五

經過了剛才取人性命於剎那間的兇殺和暴亂後，帳篷裡剩下來的人已經不多了，在這些還沒有被嚇走的人之中，居然有大多數是女人，一些非常美麗，氣質也非常特別的女人。

她們的形貌裝束年齡也許有很大的差異，可是她們都有一個共同的特點，好像無論遇到了什麼事，都能夠保持鎮靜不亂。

這也許是因爲她們都見得多了。

名妓如名俠，都是江湖人。都有一種相同的性格，都不是一般人可以用常情和常理來揣度的。

在某些時候，名妓甚至也好像名俠一樣，能夠把生死榮辱置之度外。

滿頭銀髮，一身華服的鐵銀衣。攤開雙手，端坐在一張波斯商賈從海外王室那裡買來的淺色桃花心木金鍛交椅上。直到這時候，他才慢慢的站起來。

「二少爺，這一齣戲，你好像已經演完了，好像已經應該輪到我了。」

「輪到你？」李壞問：「輪到你幹什麼？」

「輪到我殺人，或者輪到我死。」

「殺人和死，本來就好像一枚銀幣的正反兩面一樣，無論是正是反，都還是同樣的一枚銀幣。」

鐵銀衣昂然而立，銀髮閃亮：「所以現在是生是死都已經跟你全無關係。」

李壞苦笑。

「這不關我的事關誰的事？我求求你好不好，你這一次能不能不要來管我的閒事？」

「不能。」

鐵銀衣說：「老莊主要我帶你回去，我就得帶你回去。要你死的人，就得先讓我死。」

「如果你死了，豈非還是一樣沒法子帶我回去？」

「那麼我先死，你再死。」

這句話絕不是一齣戲裡面的台詞，也沒有一點矯情做作的意思。

這句話的真實，也許比一位三甲進士出身的大臣，在朝廷上所做的誓言更真實。

李壞不笑了，彷彿已笑不出。

鐵銀衣看著他，慢慢的揮了揮手：「我相信你應該明白我的意思，所以你暫時最好還是退下去。」

有掌聲響起。

鼓掌的是一個娥眉淡掃，不著脂粉，年輕的女人。穿一身用極青、極柔的純絲織成的淡青色衣裳。

看起來那麼年輕那麼純那麼溫柔那麼脆弱，沒有人能看得出她居然就是此間的第一名妓，也沒有人能想得到她會說出這樣的話。

「好極了，我從來也沒有看過你們這樣的男人，如果你們真的全都死了，我也陪你們死。」

青姑娘說出來的話，有時候甚至比某一些大俠的信用更好。

李壞又笑了。

「爲什麼有這麼多人都想死呢？其實我們誰都不必要死。」李壞對鐵銀衣說：「只要你能看住那位拉胡琴的老先生的手，我保證我們都不會死。」李壞說：「如果這位老先生不出手，那麼我相信這位公孫太夫人到現在爲止最少已經死了十七八次了。」

琴聲斷了，瞎眼的老頭子從角落裡蹣跚著走出來，他說話的聲音幾乎比他的琴聲更低黯沙啞。

「我們出去走一走好不好？」他問李壞：「你願不願意陪我出去走一走？」

六

夜忽然迷濛，因霧迷濛。

這種時候，這種地方，居然還會有如此迷濛的霧。實在是令人很難想像得到的，就正好像此時此地此刻居然還會有李壞和公孫老頭這麼樣兩個人坐在一株早已枯死了的白楊樹的枝椏上喝酒。

酒不是從鐵銀衣那裡摸來的，是老頭自己從袋子裡摸出來的。

這種酒聞起來連一點酒味都沒有，可是喝下去之後，肚子裡卻好像忽然燃起了一堆火。

「你有沒有發現這種酒有點怪？」老頭問李壞。

「我不但覺得酒有點怪，你這個人好像更怪。」

「你是不是想不到我會忽然把你請來，請到這麼樣一個破地方來喝這種破酒？」

「我想不到，可是我來了。」李壞說：「雖然我明明知道你要殺我，我還是來了。」

老頭大笑，笑得連酒葫蘆裡的酒都差點濺了出來。一個扁扁的酒葫蘆，一張扁扁的嘴，笑的時候也看不見牙齒。

幸好殺人是不用牙齒的，所以李壞的眼睛只盯著他的手，就好像一根釘子已經釘進去了一樣。

公孫先生那雙一直好像因爲他的笑聲而震動不停的手，竟然也好像被釘死了。

李壞眼裡那種釘子一樣銳利的采光，也立刻好像變得圓柔很多。

這種變化，除了他們兩個人自己之外，這個世界上也許很少再有人能夠觀察得到。

在武林中真正的第一流高手間，生死勝負的決戰，往往就決定在如此微妙的情況中。

可是他們的生死勝負還沒有決定。

因爲他們這一戰只不過剛剛開始了第一個回合而已。

七

公孫先生就用他那扁扁的嘴，在那扁扁的酒葫蘆裡喝了一大口那種怪怪的酒。

「我是個怪人，可是你更絕，不但人絕，聰明也絕頂。」公孫說：「所以你當然也明白，我叫你出來，是因爲我早就已經看出了我那個老太婆絕不是你的對手。」

李壞承認。

「可是我相信有一點你是絕對不知道的。」公孫說：「我找你出來另外還有一個非常非常特別的理由。」

「什麼原因？」

公孫先生反問李壞：「你知不知道我的名字？你知不知道我是個什麼樣的人？」

「我不知道。」

「我姓公孫，名敗，號無勝。」

「公孫敗？公孫無勝？」李壞顯得很驚訝：「這真的是你的名字？」

「真的，因爲我這一生中與人交手從未勝過一次。」

李壞真的驚訝了。

因爲他已經從公孫先生剛才那一陣笑聲和震動間，看出了公孫先生那一雙手最少已經有了三種變化。

三種變化絕不算多，變化太多的變化也並不可怕，有時候沒有變化也可以致人於死命。可怕的是，公孫先生剛才手上的那三種變化，每一種變化都可以致人死命於刹那間。

「公孫先生，公孫無勝先生。」李壞問：「你這一生中真的從來沒有勝過一次？」

「沒有。」

「我不信，我死也不信。就算把我的腦袋砍下來當夜壺，我也不信。」

「爲什麼？」

「我是個壞蛋，是個王八蛋，我是豬。所以我沒有吃過豬肉，可是我看過豬走路。」李壞說：「所以我最少總看得出你。」

「你看得出我什麼？」

「如果在江湖中還有六十年前治兵器譜的那位百曉生，如今再治兵器譜。那麼公孫先生你的這一雙手絕對不會排名在五名之外。」李壞說：「那麼你怎麼會從未勝過？」

公孫先生又喝了一大口酒，用那雙好像完全瞎了的眼睛，好像什麼都看不見的眼睛，看著李壞。過了很久才長長的嘆了一口氣。

「你看對了，可是你又看錯了。」

「哦？」

「你看對了我的武功，卻看錯了我這個人。」公孫先生說。

「哦？」

「我的武功確實不錯，確實可以排名當今武林中很有限的幾個高手之間。」公孫先生補充道：「如果我要找當今江湖中那二十八位號稱連勝三十次以上的高手去決一勝負，也許我連一次都不會敗。」

「那麼你爲什麼一直都敗？」

「因爲我的武功雖然不錯，可是我的人錯了。」

「錯在什麼地方？」

公孫先生又沉默了很久，然後才用一種很奇怪的聲音反問李壞：

「你知不知道我這一生中和別人交手過幾次？」

「幾次？」

「四次。」

「四次？」李壞又覺得奇怪了：「公孫先生，以你的武功，以你的性格，以你的脾氣，你這一生中只出手過四次？」

「是的。」公孫先生說：「我戰四次敗四次。」他又問李壞：「如果我要你舉出當今天下的五大高手，你會說是哪五個人？」

李壞考慮了很久，才說出來。

「武當名宿鍾二先生，少林長老無虛上人，雖然退隱已多年，武功之深淺無人可測，但是我想江湖中也沒有人能夠否定他們的武功。」

「是的。」

「昔年天下第一名俠小李探花的嫡系子孫李曼青先生，雖然已有廿年未曾出手，甚至沒有人能夠見得到他一面，可是李家嫡傳的飛刀，江湖中大概也沒有人敢去輕易嘗試。」

「小李飛刀，例不虛發。小李探花的俠義之名，至今猶在人心。」公孫說：「對曼青先生我一直是極爲敬仰佩服的。」

「瀟湘神劍，崑崙雪劍，第三代的飛劍客還玉公子。這三個人的劍法就沒有人能分得出高下。」李壞說：「他們三位又都是生死與共的朋友，絕不會去爭勝負，所以誰也沒法子從他們三個人之中舉出是哪一個最爲高強。」

「你說得對。」公孫說：「他們三位之中，只要能戰勝其中一位，就已不虛此生。」

「這幾位你都見過？」李壞問。

公孫先生苦笑：「我不但見過，而且還曾經和其中四位交過手。」

「是哪四位？」

「瀟湘、鍾二、崑崙、還玉。」

李壞嘆了口氣：「你選的這四位對手真好，你爲什麼不去選別的人？」

公孫先生也嘆了口氣：「因爲我這個人錯了。」

三 第一名俠

一

一個人喝酒無趣。

一個會喝酒的人和一個一杯就醉的人喝酒也同樣無趣。

一個人自說自話多麼無聊，可是和一個言語無味面目可憎的人說話更無聊。

這個世界上有很多事都是這個樣子的。

這道理，李壞懂。

「我明白你的意思。」他對公孫先生說：「你出手，並不是爲了求勝，只不過爲了要找一個値得你出手的對象而已。成敗勝負根本就沒有放在你的心上。」

李壞說：「如果不配讓你出手的人，就算跪在地上求你，你也不會對他們伸出一根手指。」

公孫先生看著他，眼睛裡彷彿已有光，熱淚的光。

「我就知道你會明白的，如果你不明白，世上還有誰能明白？」公孫先生又長長嘆息：「如果我不敗，這世上還有誰敗？」

他說的兩件完全不同的事，可是道理卻完全一樣的。

李壞忽然站了起來，用一種他從未表現過的尊敬態度，向公孫先生行禮。

「我從來不拍別人馬屁，可是今天我們就算是生死之敵，就算我在頃刻之間就會死在你手裡，或者我在頃刻之間就會殺了你。我也要先說一句話。」

「你說。」

「公孫先生，你雖然永敗無勝，可是你雖敗猶榮，我佩服你。」

公孫先生忽然做了件很奇怪的事。

他忽然凌空躍起，用一種沒有人能想像得到的奇特姿勢，奇特的翻了七、八個跟斗，翻起了七、八丈，然後才落在他原來坐的那一處枝椏上。

他沒有瘋。

他這麼樣做，只不過因爲他自己也知道，他眼中的熱淚好像已經快要忍不住奪眶而出了。

要想不讓別人看見自己眼中的熱淚，翻跟斗當然絕不是一種很好的方法，卻無疑是一種很有效的方法。

李壞無疑也明白這道理，所以他就喝了一口酒，一口就把葫蘆裡的酒喝光。

「我非常感謝，你願意把我當作你第五個對手，我實在覺得非常榮幸。」

「那也是沒法子的事。」公孫故意裝出很冷淡的樣子說：「我已經收了別人三萬兩黃金來換你一條命。」

李壞又笑了。

「我真想不到，我的命居然有這麼值錢。」

公孫先生沒有笑：「我們夫妻一直都很守信約的，只要約一訂，無論在什麼情況下，我們都會守約的。」

李壞也不再笑。

「我也是個很有原則的人，而且我現在還不想死，所以我雖然很佩服你，我還是決心要讓你再敗一次。」

朋友之間的感情永遠是那麼真實，那麼可貴。

不幸的是，朋友並不一定全都是真的朋友，仇敵卻永遠是絕對真實的。

所以如果你的仇敵對你表示出他對你的某種情感，那種情感的真實性，也許比朋友間情感的真實性還要更真實得多。

朋友之間是親密的，愈好的朋友愈親密。

不幸的是，親密往往會帶給人輕蔑。

仇敵卻不會。

如果你對你的仇人有輕蔑的感覺，那麼你就會因爲這種感覺而死。

所以，朋友之間，尤其是最好的朋友之間，很可能只有親密而沒有尊敬。而最壞的仇敵之間，卻很可能只有尊敬而沒有輕蔑。這種尊敬，通常都比朋友之間的尊敬更真實。

這實在是種很奇怪的事。

更奇怪的是，這個世界上卻有很多事情都是這個樣子的。

二

就好像世界上每天、每一個時辰、每一個角落裡都有人在相愛一樣。江湖中也每天都有人在以生命做搏殺，每天也不知道有多少次。

自從人類有文字的記載以來，像這一瞬的生死決戰也不知道有幾千萬次，幾百萬次。可是能夠永遠留在人們記憶中的，又有幾次呢？

其中至少有兩次是讓人很難忘記的。

藍大先生與蕭王孫決戰於絕嶺雲天之間，藍大先生使七十九斤大鐵椎，蕭王孫用的卻是一根剛從他絲袍上解下的衣帶。

這一戰的武器相差之懸殊，已經是空前絕後的了。

藍大先生的武功剛猛凌利，震古鑠今，天下無雙，一椎之下碎石成粉。蕭王孫飄忽游走，變幻無方。剛柔之間的區別之大更不是一般人所能想像。

這一戰雖然無人有機緣能恭逢其盛，親眼目睹，可是這一戰的戰況，至今尤在被無數人渲染傳說，幾乎已經成了武林中的神話。

陸小鳳與西門吹雪決戰於凌晨白霧中。

西門吹雪號稱劍神，劍下從無活口。他這一生就是爲劍而生，也願意爲此而死。

他這一生最大的願望，就是想和陸小鳳比一比勝負高下，因爲陸小鳳這一生從未敗過。

這個人看起來好像總是嘻皮笑臉，隨隨便便，連一點精明厲害的樣子都沒有，甚至好像連一點用處都沒有，更不像肯苦心練武功的樣子。

他這一生出生入死，也不知道經歷過多少危險至於極點的事。

可是他這一生居然真的從未敗過一次。

那麼，他和西門吹雪這一戰呢？

這一戰也和蕭王孫與藍大先生的那一戰同樣有一點奇怪的地方。

他們的決戰雖然都是驚心動魄，繫生死於呼吸之間，可是他們的決戰卻沒有分出生死勝負。

因爲在當時他們雖然在一瞬間就可以把對方刺殺於當地，但都沒有使出絕招，因爲他們惺惺相惜，內心深處畢竟視對方爲朋友。

一種在心胸裡永遠互相尊敬的朋友。

李壞和公孫不是朋友。

公孫先生雖然每戰必敗，卻只不過因爲他的心太高氣太傲，他雖敗猶榮。

李壞在江湖中至今雖然沒有什麼太大的名氣，也很少有人知道他的武功究竟是深是淺，可是畢竟已經有幾個人知道了。

有幾個從來也沒有想到會敗在他手下的人，都已經敗在他的手下了。

他和公孫先生這一戰的生死勝負又有誰能預測？

第四部

代價

一劍飛雪

一

古老的宅邸，重門深鎖，牆頭已生荒草，門上的朱漆也已剝落。無論誰都看得出這所宅院昔日的榮耀已成過去，就像是一棵已經枯死了的大樹一樣，如今已只剩下殘破的軀殼，已經不再受人尊敬讚美。

可是，如果你看見今天從這裡經過的三個江湖人，就會覺得情況好像並不一定是這個樣子的，你對這個地方的感覺也一定會有所改變。

這三個江湖人著鮮衣，騎怒馬，跨長刀，在雪地上飛馳而來。

他們的意氣風發，神采飛揚，這個世界上好像沒有什麼事能夠阻擋得住他們的路。

可是到了這所久已破落的宅邸前，他們居然遠在百步外就落馬下鞍，也不顧滿地泥濘冰雪，用一種帶著無比仰慕的神情走過來。

「這裡真的就是小李探花的探花府？」

「是的，這裡就是。」

朱漆已剝落的大門旁，還留著副石刻的對聯，依稀還可以分辨出上面刻的是：

「一門七進士，

父子三探花。」

三個年輕的江湖人，帶著一種朝聖者的心情看著這十個字。

「小李飛刀，例不虛發。」一個最年輕的年輕人嘆息著說：「我常常恨我自己，恨我爲什麼沒有跟他生在同一個朝代。」

「你是不是想和他比一比高下？」

「不是，我也不敢。」

一個年輕氣盛的年輕人居然能說出「不敢」兩個字，那麼這個年輕人的心裡對另外一個人的崇敬已經可想而知了。

可是這個心裡充滿了仰慕和崇敬的年輕人忽然又嘆了口氣。

「只可惜李家已經後繼無人了，這一代的老莊主李曼青先生雖然有仁有義，而且力圖振作，可是小李飛刀的威風，已經不可能在他身上重現了。」

這個年輕人眼中甚至已經有了淚光：「小李飛刀昔日的雄風，很可能已經不會在任何人身上出現。」

「有一件事我一直都想不通。」

「什麼事？」

「曼青先生從小就有神童的美名，壯年後爲什麼會忽然變得消沉了？」

一個看起來比較深沉的年輕人沉吟了很久，才壓低了聲音說：

「名俠如名士，總難免風流，你我又何嘗不是這樣子的。」

「你是說，曼青先生的消沉是爲了一個女人？」

沒有回答，也不用再回答。

三個人牽著馬默默的在寒風中佇立了許久，才默默的牽著馬走了。

二

李壞和鐵銀衣也在這裡。

他們都看到了這三個年輕人，也聽到了他們說的話，他們心裡也都有一份很深的感觸。

——小李飛刀的雄風真的不會在任何人的身上重現了嗎？

——爲了一個女人而使曼青先生至此，這個女人是誰？

李壞眼中忽然有熱淚忍不住要奪眶而出。

他忽然想到他的母親，一個多麼聰明多麼美麗又多麼可憐的女人。

他忽然想要走。

可是鐵銀衣已經握住了他的臂。

「你不能走，現在你絕不能走。」鐵銀衣說：「我知道你現在心裡在想什麼，可是你也應該知道你的父親現在是多麼的需要你，不管怎麼樣，你總是他親生的骨肉，是他血中的血，骨中的骨。」

李壞的雙拳緊握，手臂上的青筋一直不停的在跳動，鐵銀衣盯著他，一個字一個字的說：

「你更要知道，要想重振李家的威風，只有靠你了。」

三

積雪的小徑，看不見人的亭台樓閣，昔日的繁華榮耀如今安在？

李壞的腳步和心情同樣沉重。

不管怎麼樣，不管他自己心裡怎麼想，不管別人怎麼說，這裡總是他的根。

血濃於水，這是任何人都無法否認的事實。

他又要見到他的父親了，在他還沒有生出來的時候，就已把他們母子遺棄了的父親。

可是他不能背棄他的父親，就好像他不能背棄自己一樣。

「你知不知道你的父親這次為什麼一定要我找你來？」鐵銀衣問李壞。

「我不知道。」

李壞說：「我只知道，不管他要我去做什麼事，我都會去做的。」

四

又是一年了。

又是一年梅花，又是一年雪。

老人坐在廊簷下，癡癡的望著滿院紅梅白雪，就好像一個孩子在癡癡的望著一輪轉動的風車一樣。

人爲什麼要老。

人要死的時候爲什麼不能死？

老人的手裡有一把刀。

一把殺人的刀，一把例不虛發的刀，飛刀。

沒有人知道這把刀的重量、形式和構造。就正如天下沒有人能躲過這一刀。

可是這把刀已經有許多年許多年沒有在江湖上出現過了，因爲他已經沒有出手一擊，例不虛發的把握。

他是李家的後代，他的父親就是近百年來江湖中獨一無二的名俠小李飛刀。

而他自己已消沉二十年，他的心情之沉痛有誰能想像得到？

他是爲什麼？

白雪紅梅間彷彿忽然出現了一個淡淡的影子，一個白衣如雪的女人。

一段永難忘懷的戀情。

「莊主，二少爺回來了。」

曼青先生驟然從往日癡迷的情懷舊夢中驚醒，抬起頭，就看見了他的兒子。

——兒子，這個這麼聰明，這麼可愛的年輕人真的是我的兒子？我以前為什麼沒有照顧他？為什麼要讓他像野狗一樣流落街頭？為什麼要離開他的母親？

——一個人為什麼要常常勉強自己去做出一些違背自己良心，會讓自己痛苦終生的事？

他看著他的兒子，看著面前這個強壯英挺充滿了智慧與活力的少年，就好像看到他自己當年的影子。

「你回來了？」

「是。」

「最近你怎麼樣？」

「也沒有怎麼樣，也沒有不怎麼樣。」李壞笑笑：「反正我就是這個樣子，別人看得慣也好，看不慣也好，反正我也不在乎。」

「不在乎？為什麼我就不能不在乎？」

老人的心裡在滴血，如果他以前也能像他的兒子這麼樣不在乎，那麼他活得一定比現在快樂得多。

李壞的心裡也在滴血。

他也知道他的父親心裡在想什麼，他父親和他母親那一段戀情在江湖中已經是一件半公開的秘密。

他的父親遇到他的母親時，他們都還很年輕。

他們相遇，相愛，相聚。

他們有了他。

他們年輕，健康，而且都非常成功，非常有名，他們能結合在一起，本來應該是一件多麼讓人羨慕的事。

只可惜這一段美麗的戀曲，到後來竟然成了哭聲。

錯不在他們，錯在一件永遠無法改變的事實，一段永遠無法忘懷的仇恨。

——他父親的父親，殺了他母親的父親，一刀斃命。

他的母親複姓上官。

小李飛刀，例不虛發。就連威震天下的金錢幫主上官金虹也未能破例。

「這是我平生做的第一件錯事，」老人說：「因爲我明明知道這麼做是不可原諒的，是會害人害己的，可是我還是要去做。」

他黯然良久：「我捫心自問，永遠無法原諒自己的，就是這一點。」

李壞不開口，他根本無法開口。

他一直爲他的母親悲恨憤怒不平，可是現在他忽然發現在他心底深處，對他的父親也有一份無法形容的悲傷和憐憫。

不管怎麼樣，他和他的父親之間，畢竟有一點相同之處。

他們畢竟同樣是男人。

五

老人又對李壞說：

「今天我找你來，並不是爲了要對你解釋這件事，這件事也是永遠無法解釋的。」

李壞依舊沉默。

「我生平只錯過兩件事，兩件事都讓我痛苦終生。」老人說：「今天我找你來是爲了另外一件事。」

空寂的庭院中，幾乎可以聽得見落葉在急雪溶化中破裂的聲音。

老人慢慢的接著說。

「多年前，我初出道急著要表現自己，爲了要證明我的聲名，並不是靠我祖先的餘蔭而得來的。」他說：「那時候，武林中有一位非常成功的人，戰無不勝，幾乎橫掃了武林。」

老人說：「這個人你大概也曾聽說過的。」

二十年前，「一劍飛雪」薛青碧挾連勝三十一場之餘威，再勝雁蕩三鳥，再勝崑崙之鷹，再勝剛剛接任點蒼掌門的白燕道人於七招間，聲譽之隆，天下無人能與之比肩。

但是後來的那一戰，他卻敗給曼青先生了，敗後三月，鬱鬱而終。

這件事，這個人，李壞當然是知道的。

「我一戰而勝舉世無雙的名劍，當然欣喜若狂。」

這本來也的確是一件讓人得意欣喜的事，可是曼青先生在講述這件事的時候，神情卻更黯然。

「因爲後來我才知道，一件我當時所不知道的事情。」老人說：「當然我如果知道這件事，我寧可死也絕不會去求戰。」

他說：「後來江湖中人都知道這件事，我相信你一定也知道。」

李壞知道。

當時李曼青向薛青碧求戰的時候，薛青碧已經因爲連戰之後積勞傷痛，而得了一種沒有人可以治得了的內傷。那個時候，他的妻子也剛剛離開了他。

他的積傷和內傷已經使他變成了另外一個人，一個和江湖傳說中那位「一劍飛雪」完全不同的人。

可是薛青碧的血管裡還是流著倔強冷傲的血，他的性格還是不屈不撓的。

所以他還是負傷應戰。

他沒有告訴李曼青他已經不行了，他死也不會告訴他的對手他已經不行了。

他就真砍斷他的頭顱，切斷他的血脈，斬碎他的骨骼，他也不會對任何人說出這一類的話。

所以他戰，欣然去戰。

所以他敗。

所以他死，死於他自己的榮耀中。

「所以我至今還忘不了他，尤其忘不了他臨死前那一瞬間臉上所流露的尊榮。」老人說：「我以前從來沒有看過死得那麼驕傲的人，我相信以後也永遠不會看到。」

李壞看著他的父親，眼中忽然也流露出一種無法形容的尊敬之意。

他也在爲他的父親驕傲。

因爲，他知道只有一個真正的熱血男兒，才能夠了解這種男子漢的情操。

要做一個人，要做一個真正的人已經很不容易了，要做一條真正的男子漢，那就不是「不容易」這三個字所能形容的了。

老人又沉默了很久，甚至已經久得可以讓積雪在落葉上溶化。

李壞聽不見雪溶的聲音，也聽不見葉碎的聲音，這種聲音沒有人能夠用耳朵去聽，也沒有人能聽得到。

可是李壞在聽。

他也沒有用他的耳朵去聽，他聽，是用他的心。

因爲他聽的是他父親的心聲。

「我殺了一個我本來最不應該殺的人，我後悔，我後悔有什麼用？」老人的聲音已嘶啞：「一個人做錯了之後，大概就只有一件事可以做了。」

「什麼事？」李壞終於忍不住問。

「付出代價。」老人說：「無論誰做錯事之後，都要付出代價。」

他一個字一個字的接著說：「現在就是我要付出代價的時候了。」

日期：元夜子時。

地點：貴宅。

兵刃：我用飛刀，君可任擇。

勝負：一招間可定勝負，生死間亦可定。

挑戰人：靈州。薛。

這是一封絕不能算很標準的戰書，但卻無疑是一封很可怕的戰書。字裡行間，彷彿有一種逼人的傲氣，彷彿已然將對方的生死掌握在自己的手裡。

李壞只覺得一陣血氣上湧。

「這是誰寫的信，好狂的人！」

「這個人就是我。」曼青先生說。

「是你？怎麼會是你？」

「因爲這封信就和我二十年前寫給薛青碧先生的那封信完全一樣，除了挑戰人的姓名不同之外，別的字句都完全一樣。」

老人說：「這封信，就是薛先生的後人，要來替他父親復仇，所下的戰書。也就是我要付出的代價。」

李壞冷笑。

「代價？什麼代價？薛家的人憑什麼用飛刀來對我們李家的飛刀？」

老人凝視遠方，長長嘆息。

「飛刀，並不是只有李家的人才能練得成。」

「難道還有別人練成了比我們李家更加可怕的飛刀？」

這句話是李壞憑一種很直接的反應說出來的，可是當他說出了這句話之後，他臉上的肌肉就開始僵硬，每說一個字，就僵硬一陣。

說完了這句話，他的臉就已經好像變成了一個死灰色的面具。

因爲他忽然想起了一個人，想起了一道可怕的刀光。

——月光如刀，刀如月光。

在當今江湖中，這句話幾乎已經和當年的「小李飛刀，例不虛發」同樣可怕。

老人又問：

「你現在是不是已經知道這個人是誰了？」

李壞默認。

「這就是我要付出的代價。」老人黯然說：「因爲我現在的情況，就正如我當年向薛先生挑戰時，他的情況一樣。我若應戰，必敗無疑，敗就是死。」

李壞沉默。

「死並不可怕，可怕的是敗。」老人又說：「我能死，卻不能敗。」

他蒼白衰老的臉上，已因激動而起了一陣彷彿一個人在垂死前臉上所發生的那種紅暈。

「因爲我是李家的人，我絕不能敗在任何人的飛刀下，我絕不能讓我的祖先在九泉下死不瞑目。」

他盯著李壞：「所以我要你回來，要你替我接這一戰，要你去爲我擊敗薛家的後代。」

老人連聲音都已嘶啞：「這一戰，你只許生，不許死。只許勝，不許敗。」

李壞的臉已由僵硬變爲扭曲，任何一個以前看過他的人，都絕對不會想到他的臉會變得這麼可怕。

他的手也在緊握著，就好像一個快要被淹死的人，緊握著一塊浮木一樣。

——只許生，不許死。只許勝，不許敗。

李壞的聲音忽然也已變得完全嘶啞。

「你的意思難道說是要我去殺了他？」

「是的。」老人說：「到了必要時，你只有殺了他，非殺不可。」

李壞本來一直都坐在那裡，動也不動的坐在那裡。就好像一個木頭人一樣，就好像一個已經失去魂魄的死人一樣。

可是他現在忽然跳了起來，又好像一個死人忽然被某一種邪惡神奇的符咒所催動，忽然帶著另外一個人的魂魄跳回了人世。

沒有人能形容他現在臉上的表情。

他對他父親說話的時候，他的眼睛也沒有看他的父親，而是看著另外一個世界。

一個充滿了悲傷與詛咒的世界。

「你憑什麼要我去做這種事？你憑什麼要我去殺一個跟我完全沒有仇恨的人？」

「因爲這是李家的事，因爲你也是李家的後代。」

「直到現在你才承認我是李家的後代，以前呢？以前你爲什麼不要我們母子兩個人？」李壞的聲音幾乎已經啞得聽不見了：「你的那一位一直在繼承李家道統的大少爺呢？他爲什麼不替你去出頭？爲什麼不去替你殺人？爲什麼要我去？我爲什麼要替你去？我……我算是個什麼東西？」

沒有人看見他流淚。

因爲他眼淚開始流出來的時候，他的人已經衝了出去。

老人沒有阻攔。

老人的老眼中也有淚盈眶，卻未流下。

老人已有多年未曾流淚，老人的淚似已乾枯。

六

已經是臘月了，院子裡的積雪已經凍得麻木，就像是一個失意的浪子的心一樣，麻木得連錐子都刺不痛。

李壞衝出門，就看見一個絕美的婦人，站在一株老松下，凝視著他。

這個世界上有一種女人，無論誰只要看過她一眼，以後在夢魂中也許都會重見她的。此刻站在松下向李壞凝睇的婦人，就是這種女人。

她已經三十出頭，可是看到她的人，誰也不會去計較她的年紀。

她穿一身銀白色的狐裘，配她修長的身材，潔白的皮膚。配那一株古松的蒼綠，看起來就像是圖畫中的人，已非人間所有。

可是李壞現在已經沒有心情再去多看她一眼。

李壞現在只想遠遠的跑走，跑到一個沒有人能看見他，他也看不見任何人的地方去。想不到，這位尊貴如仙子的婦人卻擋住他的路。

「二少爺。」她看著李壞說：「你現在還不能走。」

「爲什麼？」

「因爲有個人一定要見你一面，你也非見他一面不可。」

松後還有一個人，也穿一身銀白色狐裘，坐在一張鋪滿了狐皮的大椅上。一種已經完全沒有血色蒼白的臉，看起來就像是院子已經被凍得完全麻木的冰雪。

「是你要見我？」

「是，是我。」

「你是誰？爲什麼一定要見我？」

「因爲我就是剛才你說的那個李家的大兒子。」

他說：「我要見你，只因爲我要告訴你，我爲什麼不能去接這一戰。」

他的臉色雖然蒼白，可是年紀也只不過三十出頭。一雙發亮的眼睛裡，雖然帶著種說不出的憂鬱，但卻還是清澈而明亮。

李壞胸中的熱血又開始在往上湧。

這個人就是他的兄長，這個人就是他在這個世界上唯一的手足。

只不過也就是因爲這個人和這個人的母親，所以他自己的母親和他自己才會被李家所遺棄。他才會像野狗一樣流落在街頭。

李壞雙拳緊握，盡力讓自己說話的聲音變成一種最難聽最刺耳的冷笑。

「原來你就是李大少爺，我的確很想見你一面，因爲我實在也很想問問你，你爲什麼不能去替李家接這一戰？」

李正沒有回答這句話，只是用一種很奇怪的眼神看著李壞，然後慢慢的從狐裘中伸出他的一雙手。

他的一雙手已經只剩下四根手指了。

他左右雙手的拇指、食指、中指都已被人齊根切斷。

七

「我十四歲的時候，就認爲自己已經練成了李家天下無敵的飛刀。」

「你，也經歷過十四歲的階段，你當然也知道一個年輕人在那個階段中的想法。」

「等到我知道我那種想法錯了的時候，已經太遲了。」

「那時候，我一心只想替我們李家撈一點能夠光宗耀祖的名聲，想以我那時自以爲已經練成的飛刀，去遍戰天下一流高手。」

「我的結果是什麼呢？」

李正看著他自己一雙殘缺的手：「這就是我的結果，這也是我替我們李家付出的代價。」

他忽然抬頭盯著李壞，他憂鬱的眼神忽然變得飛刀般銳利強烈。

「你呢？」他一字字的問李壞：「現在你是不是也應該爲我們李家做一點事了？」

二 錦囊

一

李壞醉了。

他怎麼能不醉？

一個人在悲傷潦倒失意失敗的時候，如果他的意志夠堅強，他都可能不醉。如果他沒有錢沽酒，如果他根本不能喝酒，他當然也不會醉。

李壞現在的情況卻不是這樣子的。

李壞並沒有悲傷潦倒失意失敗，李壞只不過遇到了一個他所不能解決的問題而已。

李壞有錢沽酒，李壞喜歡喝酒，李壞不好，李壞也有點憂鬱。

最重要的是，李壞現在的問題比其他八千個有問題的人，加起來的問題都大。

所以李壞醉了。

李壞可怕的醉，多麼讓人頭痛身疲體軟目紅鼻塞的醉，又多麼可愛。一種可以讓人忘去了一切肉體上痛苦的麻醉，如果它不可愛，誰願意被那種麻醉所麻醉？

只可惜，這種感覺既不持久也不可靠。

這大概就是，古往今來普天之下，每一個醉人最頭痛的事。因爲每個醉人都要醒，非醒不可，醒了就要面對現實。

更可怕的是，每一個醉人醒來後，所面對的現實，通常都是他所最不願面對的現實。

李壞醒了。

他醒來後，所面對的第一件事，就是韓峻那一張無情無義而且全無表情的臉。

二

李壞醉，李壞醒。

他也不知醉過多少次，唯一的遺憾是，每次醉後他都會醒。在現在這一瞬間，他實在希望他醉後能永不復醒。因爲他實在不願意再看見韓峻這張臉。

他也不知道自己怎麼會落入韓峻的手裡。

奇怪的是，韓峻的樣子看來好像也並不怎麼喜歡看見他，只不過用一種很冷淡的眼神看著他，甚至已冷淡得超乎常情之外。

李壞對這種感覺的反應非常強烈，因爲這個地方非常暗，李壞在酒醉初醒後，所能看到的只有這一雙特別讓人覺得感應強烈的眼睛。

除此之外，他還能聽到韓峻在問，用一種同樣異乎尋常的冷漠聲音問他。

「你是不是姓李，是不是叫李壞？」

「是。」

「大內銀庫所失竊的那一百七十萬兩庫銀，是不是你盜去的？」

「不是。」

這兩個問題都是刑例審問人犯時最普通的問題，可是李壞聽了卻很吃驚。

因爲這兩個問題，都不像是韓峻這種人應該問出來的。就連他說話的聲音都像是變成了另外一個人，變得完全沒有以前那麼嚴峻冷酷。

「你的意思是說，你和內庫的那件盜案完全沒有關係？」韓峻又問。

「是的，我和那件案子完全無關。」

「那麼你這幾個月來所揮霍花去的錢財，是從哪裡來的？」

「我的錢財是從哪裡來的，好像也跟你沒有關係，連一點狗屁的關係都沒有。」

這句話是李壞鼓足了勇氣才說出來的，他深深明白好漢不吃眼前虧的道理。可是他忍不住還是說了出來。

說完了這句話，他已經準備要被修理了。

在韓峻面前說出這種話之後，被毒打一頓，幾乎是免不了的事。奇怪的是，韓峻居然連一點反應都沒有，甚至連臉上的表情都沒有變。

——這是怎麼回事？這個比閻王還兇狠的傢伙，怎麼好像忽然變成了另外一個人？爲什麼忽然變得對李壞如此客氣？

黑暗中居然另外還有人在。

「李壞，沒有關係的。不管韓老總問你什麼，你都不妨大膽照實說。」這個人告訴李壞：「只要你說的是實話，我們一定會給你一個公道。」

他的聲音誠懇溫和，而且帶著種任何人都可以聽得出的正直和威嚴。

也不知道爲了什麼，李壞雖然還沒有看見這個人，卻已經對他產生了一分親切和信心。

「韓總捕，你再問。」這個人說：「我相信他不會不說實話的。」

韓峻乾咳了兩聲，把剛剛的那句話又問了一次，問李壞怎麼會忽然得到了一筆巨大的財富？

這本來是李壞的秘密。

可是在這種異乎尋常的情況下，在黑暗中，在急於辯明清白的情況下，他居然把這個秘密說了出來。

三

多年前鐵銀衣經過一再地毯式的搜尋之後，終於找到了李壞，把李壞從那個小城的泥濘中帶了回去。讓他見到了他的父親，也讓他傳得了天下無雙的飛刀秘技。

可是李壞卻還是沒法子耽下去，甚至連一個月都沒法子耽下去。因爲他一直覺得自己不是李家的人，不屬於這個世界。

他寧可像野狗一樣在泥濘中打滾，也不願意錦衣玉食活在一個不屬於他的世界裡。

所以，他跑了。

在一個沒有星沒有月也沒有風的晚上，他從廚房裡偷了好大好大一塊還沒有完全煮熟的滷牛肉，用一條麻繩像綁背包一樣，綁在背後。就從這個天下武林中人公認的第一家族中逃了出去。

他受不了約束，也受不了這裡的家人奴僕們對他那種尊敬得接近冷淡的態度。

因爲他不懂，在世家貴族間，最尊敬的禮貌，總是會帶一點冷淡的。太親熱太親密就顯不出尊敬來了。

李壞當然不懂，一個在泥濘中生長的野孩子，怎麼會懂得這種道理？

這種道理甚至連腰纏萬貫的大富翁都不懂。

所以李壞跑了。

可惜他沒有跑多遠就被鐵銀衣截住，鐵銀衣居然也沒有叫他回去。只不過，交給他兩樣東西——一本小冊、一個錦囊。

「這是你父親要我交給你的。」

小冊中記載的就是昔年小李探花，天下無雙的飛刀絕技。

「這些日子來，我相信你父親教給你很多關於飛刀的秘法。」鐵銀衣說：「再加上這個冊子裡的要訣和你自己的苦練，我相信你一定可以練成你們李家的飛刀，因爲你本來就是李家的人，你的血裡面本來就有你們李家的血。」

錦囊呢？

「這個錦囊裡有什麼，就沒有人知道了。」鐵銀衣說：「因爲這個錦囊是你母親要你父親交給你的，我們誰也沒有打開來看過。」

錦囊裡只有一張簡略的地圖，和幾行簡略的解說。說明了要怎麼樣尋找，才能找到圖中標示的地方。

這張圖就好像一根能夠點鐵成金的手指一樣。

李壞找到了那個地方，在那裡他獨處七年，練成了天下無雙的飛刀絕技，也找到了一宗富可敵國的寶藏。

四

韓峻雖然一直在勉強的控制自己，可是當他在聽李壞訴說這個故事的時候，他臉上，甚至他全身的每一根肌肉都已經不受他的控制。都一直不停的在抽縮跳動。

靜坐在黑暗中的那個人，當然也在聽。

「你所找到的那一宗寶藏，價值究竟有多大？」他問李壞。

「我相信，它的價值絕不會在大內失竊的庫銀之下。」

黑暗中有人輕輕的吸了一口氣，又輕輕的吐出一口氣，才緩緩的說：

「我相信你說的是真話。」

「我說的每一個字都是真話。」

「那麼我就不得不問你一件事了。」這個人問李壞：「你的母親是誰？」

「先母複姓上官。」

「難道令堂就是上官小仙？」這個一直很沉靜的人，聲音忽然變得也有點激動了起來。

「不是。」李壞說：「仙姨是先母之姐，先母是她的妹妹。」

黑暗中的人又長長吐出一口氣：「難道你所找到的那一宗寶藏，就是昔年上官金虹的金錢幫，遺留在人間的寶藏？」

這句話當然已不需要再回答。

五

燈光忽然亮了起來。

李壞立刻就明白，韓峻看起來爲什麼會變得好像另外一個人。

這間黑暗的屋子，原來竟是一間寬闊華麗的大廳，除了韓峻和李壞之外，大廳還有九個人。

九個人雖然都靜坐不動，李壞也不認得他們，可是一眼就可以看出他們都不是尋常的人。他們的氣度和神情，已經足夠表現出他們的身分。

在這麼樣九個人的監視之下，韓峻怎麼敢妄動？

一個清癯瘦削矮小，著紫袍繫玉帶的老人，慢慢的站了起來。

「我知道你從來沒有見過我，可是我相信你一定知道我的名字。」這個氣度高雅的老人說：「我姓徐，字堅白，號青石。」

他的聲音親切而溫和，就是剛才在黑暗中說話的那一個人。

李壞當然知道他。

徐家和李家是世交，青石老人和曼青先生，在少年時就換過了金蘭帖子。只不過他稟承家訓，走的是正統的路子，由秀才而舉人，由舉人而進士然後點爲翰林，入清苑，到如今已官居一品。

以他的身分，怎麼會捲入這件事的漩渦？

青石老人好像已經看出他心裡的疑惑。

「我們這次出面，都是爲了你來澄清這件事的，因爲我們都是令尊的朋友。」青石老人說：「令尊相信你絕不是一個會爲了錢財而去犯罪的人，我們也相信他的看法。」

所以他和另外八位氣度同樣高雅的老人，同時笑了笑。

「所以我們這些久已不問世事的老頭子，這次才會挺身而出。」青石老人說：「現在事情的真象終於已水落石出，現在我只希望你明白，一個做父親的人，對兒子的關切，永遠不是做兒子的所能了解的。」

他拍了拍李壞的肩：「你實在應該以能夠做你父親的兒子爲榮。」

李壞沒有開口。

他只怕他一開口，眼中的熱淚，就會忍不住奪眶而出。

「還有一件事，我要告訴你。」青石老人說：「有一位姓方的姑娘，本來想見你最後一面的，我也答應了她，可是後來她自己又改變了主意。」

——相見不如不見。

——可可，可可，我知道我對不起你，我只希望你明白，我也是情不由己。

「現在，你在我們這一方面的事情已經全部了結了。對我們來說，你已經是個完全自由的人了。」青石老人道：「以後你應該怎麼做，想去做些什麼事，都完全由你自己來決定。」

六

瑞雪。

這種可以冷得死人的大雪，居然也常常會被某些人當作吉兆。

因爲他們看不見雪中凍骨，也聽不見孩子們在酷寒中挨餓的哀號。

可是瑞雪是不是真的能兆豐年呢？

大概是，春雪初溶，當然對灌溉有利。灌溉使土地肥沃，在肥沃的土地上，收成總是好的。

寶劍有雙鋒，每件事都有正反兩面。只可惜能同時看到正反兩面的人，卻很少。

昨夜的積雪，一片片被風吹落，風是從西北吹來，風聲如呼哨。

可是李壞聽不見。

因爲李壞心裡還有幾句話在迴蕩，別的聲音他全都聽不見了。

——一個做父親的人，對兒子的關切，永遠是兒子想像不到的。

——你應該以做你父親的兒子爲榮。

——從今以後，你已經是一個自由人，應該怎麼做，要去做什麼，都由你自己去決定。

第五部

月光如雪，月光如血

一 小樓

一

這間屋子是在鬧市中，是在鬧市中的一個小樓上。

住在這個城市裡的人，誰也不知道，這個小樓上有這麼一戶人家，一間屋子。更沒有人知道，這個小樓上，這戶人家中，住的是誰？

小樓的底層，本來是家綢緞莊。做生意真的是公公道道，童叟無欺。所以這家綢緞莊忽然倒閉。

綢緞莊的上層，住的是個鏢客和他年輕的妻子，聽說這位鏢客只不過是一家大鏢局裡面的資深趟子手而已，但卻很得鏢頭們的信任，所以在家的時候很少。

所以他年輕的妻子在三、四個月前忽然就失蹤了，聽說是跟對面一家飯館裡一個眉清目秀的小伙計跑了。

再上面的一層，本來是堆放綢緞布匹用的，根本沒有人住。可是近月來，隔壁左右晚上如果有睡不著的人，偶而會聽到一陣初生嬰兒的啼哭聲。

——那上面難道也有人搬去住嗎?那戶人家是什麼人呢?

有些好奇的人，忍不住想上去瞧瞧。

可是綢緞莊的大門上，已經貼上了官府的封條。

二

小樓的最上層，本來有三間屋子。最大的一間堆放綢緞布匹，還有一間是伙計們的住處。綢緞莊的老掌櫃夫妻倆勤儉刻苦，就住在另外一間。

可是現在這裡所有的一切全都變了，變成了一片白，白得一塵不染。

從這個小樓上的後窗看出去，剛好可以看到三代探花，李府的後院。

李府後院中，也有一座小樓。在多年來，燈火久已黯淡的李家後院中，只有這座小樓的燈光是經常通夜不滅的。

久居在這裡的人，大多都知道這座小樓就是昔年小李探花的讀書處。小李探花離家後，這座小樓就變成了他昔日戀人林詩音的閨房。而現在，卻是李家第三代主人曼青老先生養病的地方。

這裡本來是一條陋巷，因爲小李探花的盛名所致，好奇的人紛紛趕來瞻仰，所以才漸漸熱鬧了起來。

飛刀去，人亦去，名仍在。

所以這地方也漸漸一天比一天熱鬧，只不過近年來已漸漸有了疲態。

所以這家綢緞莊才會倒閉。

在這麼樣一個地區，在一家已經倒閉了的綢緞莊的小樓上，爲什麼忽然會有一家人特地搬來？而且把這個小樓上的三間小屋，佈置得像一個用冰雪造成的小小宮殿一樣？

三

屋子裡一片雪白，雪白的牆，雪白的頂，用潔白如雪的純絲所織成的床帳，地上鋪滿了雪白色的銀狐皮毛，甚至連妝台上的梳具都是銀白色的。

每當雪白的紗罩中燈光亮起時，這屋子裡的光線就會柔和如月光。

此刻窗外無月，只有一個穿一身雪白柔絲長袍的婦人，獨坐在白紗燈下。

她的臉色在燈光映照下，看起來彷彿遠比那蒼白的紗罩更無血色。

剛才那室中還彷彿有嬰兒的哭聲，可是現在已經聽不見了。

又過了很久，門外才有人輕輕呼喚。

「小姐。」

一個也穿著一件雪白長袍，卻梳著一條漆黑大辮子的小姑娘，輕輕的推門走了進來。

「小姐。」這個小姑娘說：「弟弟已經睡著了，睡得很好，所以我才進來看看小姐。」

「看我？」小姐的聲音很冷：「你看我幹什麼？我有什麼好看的？」

小姑娘的眼中充滿悲戚，可是同情卻更甚於悲戚：「小姐，我知道你一直都有心事，可是這幾個月來你的心事又比以前更重得多了，你爲什麼要這樣子呢？爲什麼要這麼樣折磨自己？」

小姑娘總是多愁善感的，她這位小姐的多愁善感卻似乎更重。

窗子開著，窗外除了冷風寒星之外，什麼都沒有。可是過了一陣子之後，黑暗中忽然響起了一連串爆竹聲，一連串接著一連串的爆竹聲。

忽然之間，這一陣陣的爆竹聲，彷彿已響徹了大地。

這位滿懷憂鬱傷感的小姐，本來彷彿一直都已投入一個悲慘而又美麗的舊夢，這時候才被忽然驚醒。忽然問她身邊這個梳大辮子的小姑娘。

「小星，今天是什麼日子？爲什麼有這麼多人放鞭炮？」

「今天已經是正月初六了，是接財神的日子。」小星說：「今天晚上家家戶戶都在接財神，我們呢？」

小姐凝視著窗外的黑暗，震耳的爆竹聲，她好像已完全聽不見，過了很久她才淡淡的說：

「我們要接的不是財神。」

「不是財神，是什麼神？」小星努力在她的臉上裝出很愉快的笑容：「是不是月神？是不是那位刀如月光的月神？」

這位白衣如雪月的小姐，忽然間站起來，走到窗口，面對著黑暗的穹蒼。

「不錯，我是想接月神。因爲在某一些古老的傳說中，月的意思就是死。」她說：「太陽是生，月是死。」

窗外無月。

可是在不遠處，心裏卻覺得彷彿很遙遠的一座小樓上，仍然有燈光在閃爍。

「我相信此時此刻，在那一邊那一座小樓的燈光下，也有一個人在等待著月與死。」她的聲音冷淡而無情：「因爲今夜距離今年元夜十五，已經只剩下九天了。」

就在這時候，忽然又有一陣嬰兒的啼哭聲傳了過來。

二 曼青老人

這座小樓已經非常陳舊。

曾經住在這座小樓上的人，都已經因爲他們的寂寞哀傷，或者是因爲他的義氣和傲氣而離開了。

此刻還留在小樓上的人，也已身心憔悴，寂寞得隨時隨地都恨不得快點死了的好。

他還沒有死，並不是因爲他不想死。

他還沒有死，只不過因爲他是李家的子孫。他可以死，卻不能讓李家的尊榮死在他的手裡。

——這個世界上有多少人知道，寂寞有時候遠比死更痛苦得多。

他曾經聽過，他一位非常有智慧的朋友告訴他，一句至今他才深信不疑的話。

——這個世界上最可恨的事就是寂寞。

一個人在幸福的時候，有家庭，有事業，有子女，有朋友，有健康的時候。

當他的妻子帶他的孩子回娘家的時候，當他的事業有休閒的時候，當他不願意去找他的朋友，而寧可一個人閒暇獨處的時候。

他拿一杯酒，獨坐在空曠幽雅的庭園中，他寂寞得甚至可以聽見酒在杯中搖蕩的聲音，那時候他會輕輕的嘆一口氣說：

「寂寞真是一種享受。」

曼青先生抓緊了自己的手，手心裡什麼都沒有。只有冷汗。

三 生死

一

小星也在遙望著對面小樓上的燈光，用一種很堅決的態度說：

「小姐，正月十五那天，我一定也要陪你過去。因爲我要看看那個李曼青究竟是個什麼樣的人，當年爲什麼要把老爹逼得那麼慘。」小星說：「我娘告訴我這件事的時候，我就一直在盼望著有一天能親眼看到這個李曼青死在小姐你的刀下。」

風神如月的小姐，淡淡的笑了笑。

「李曼青不會死在我刀下的。」她說：「因爲正月十五那天，他根本不會應戰。」

「爲什麼？」小星問：「難道李曼青是個貪生怕死的人？」

「他不怕死，可是他怕敗。」月神說：「他是小李探花的後代，他不能敗。」

小星忽然沉默，一張嫣紅的臉忽然變得蒼白。過了很久，才輕輕的問：

「小姐，李壞李少爺難道真的是他們李家的後代？」

「嗯。」

「那麼他一定不知道向李家挑戰的人就是你？」

「他知道。」月神幽幽的說：「他是個絕頂聰明的人，現在他一定已經知道了。」

小星咬住了嘴唇，所以聲音也變得有點含糊不清。

「如果他真的知道，正月十五那一天他的對手就是你，他就應該走得遠遠。」小星說：

「他怎麼能忍心對你出手？」

「因爲他別無選擇的餘地。」

「爲什麼？」

「因爲不管怎麼樣，他都是李家的子孫。他絕不能讓李家的尊榮毀在他的手裡。」月神說：「就正如我雖然明知我的對手一定會是他，我也不能讓薛家的尊榮毀在我的手裡。」

她用一種平靜得已經接近冷酷的聲音接著說：「天下本來就有很多無可奈何的事，在某一種情況中，一個人明明知道自己做的事不對，也不能不做下去。」

鞭炮聲已經完全消寂了，天地間已經變爲一片死寂，可是在這無聲無色無語的靜寂中，卻彷彿還有一種別人聽不見，只有他們能夠聽得見的聲音在迴蕩。

一個嬰兒的啼哭聲。

「小姐，」小星問：「你爲什麼不告訴他，你已經替他生了個孩子？」

「我爲什麼要告訴他？」月神說：「我替他生這個孩子，並不是爲了要替他們李家留一個後代，我替他生的這個孩子，雖然是他們李家的後代，也同樣是我們薛家的後代。這是我心甘情願的事，我爲什麼要告訴他？」

「可是，如果你告訴了他，他也許就不會對你出手了。」

「如果我告訴了他，他不忍殺我，我還是一定會殺了他，因爲我也非勝不可，而勝就是生，敗就是死。」

小星忽然緊緊的咬住了嘴唇，眼淚還是忍不住沿著她蒼白的面頰流了下來。

「小姐，現在我只想問你一句話。」

「你問。」月神說：「什麼話你都可以問。」

「到了那一天，到了那爭生死，爭勝負，爭存亡的那一刹那間，他會不會忍心下手殺你？」

「我不知道。」

「那麼，到了那一刻，你是不是能忍心殺得了他？」

月神沉默著，過了也不知道有多久，才說：「我也不知道。」

尾聲

一

這個世界上，本來就有很多事都是這個樣子的。非要到了分生死勝負存亡的那一刹那間，才能夠知道結果。

可是，知道了又如何？

李壞勝了又如何？敗了又如何？

生死存亡是一刹那間的事，可是他們的情感卻是永恆的。

無論李壞是生是死，是勝是敗，對李壞來說都是一個悲劇。

無論月神是生是死，是勝是敗，對月神來說，也同樣是一個悲劇。

生老病死，本都是悲。這個世界上的悲劇已經有這麼多這麼多這麼多了，一個只喜歡笑，不喜歡哭的人，爲什麼還要寫一些讓人流淚的悲劇？

二

每一種悲劇都最少有一種方法可以去避免，我希望每一個不喜歡哭的人，都能夠想出一種法子，來避免這種悲劇。

全書完

關於飛刀

古龍

一

刀不僅是一種武器，而且在俗傳的十八般武器中排名第一。

可是在某一方面來說，刀是比不上劍的，它沒有劍那種高雅神秘浪漫的氣質，也沒有劍的尊貴。

劍有時候是一種華麗的裝飾，有時候是一種身分和地位的象徵。

在某一種時候，劍甚至是一種權力和威嚴的象徵。

刀不是。

劍是優雅的，是屬於貴族的，刀卻是普遍化的，平民化的。

有關劍的聯想，往往是在宮廷裡，在深山裡，在白雲間。

刀卻是和人類的生活息息相關的。

人出世以後，從剪斷他臍帶的剪刀開始，就和刀脫不開關係，切菜、裁衣、剪布、理髮、修鬚、整甲、分肉、剖魚、切煙、示警、揚威、正法，這些事沒有一件可以少得了刀。

人類的生活裡，不能沒有刀，就好像人類的生活裡，不能沒有米和水一樣。

奇怪的是，在人們的心目中，刀還比劍更殘酷更慘烈更兇悍更野蠻更剛猛。

二

刀有很多種，有單刀、雙刀、朴刀、戒刀、鋸齒刀、砍山刀、鬼頭刀、雁翎刀、五鳳朝陽刀、魚鱗紫金刀。

飛刀無疑也是刀的一種，雖然在正史中很少有記載，卻更增加了它的神秘性與傳奇性。

至於「扁鑽」是不是屬於刀的一種呢？那就無法可考了。

三

李尋歡這個人物是虛構的，李尋歡的「小李飛刀」當然也是。

大家都認為這個世界上根本不可能有李尋歡這樣的人物，也不可能有「小李飛刀」這樣的武器。

因為這個人物太俠義正氣，屈己從人，這種武器太玄奇神妙，已經脫離了現實。

因為大家所謂的「現實」，是活在現代這個世界中的人們，而不是李尋歡那個時代。

所以李尋歡和他的小李飛刀是不是虛構的並不重要，重要的是這個人物是否能活在他的讀者們的心裡，是否能激起大家的共鳴，是不是能讓大家和他共悲喜同歡笑。

本來誰也不知道李尋歡和他的飛刀究竟是什麼樣子的，可是經過電影的處理後，卻使得他們更形象化，也更大眾化了。

從某一種角度看大眾化就是俗，就是從俗，就是遠離文學和藝術。

可是我總認為在現在這麼樣一種社會形態中，大眾化一點也沒有什麼不好。

那至少比一個人躲在象牙塔裡獨自哭泣的好。

四

有關李尋歡和他的飛刀的故事是一部小說，《飛刀．又見飛刀》這部小說，當然也和李尋歡的故事有密不可分的關係。

可是他們之間有很多完全不相同的地方。

——雖然這兩個故事同樣是李尋歡兩代間的恩怨情仇，卻是完全獨立的。

——小李飛刀的故事雖然已經多次被搬上銀幕和螢光幕，但都是從我的原著小說改編的，而「飛刀．又見飛刀」的故事現在已經拍攝成電影了，小說卻剛剛開始寫。

這種例子就好像蕭十一郎一樣，先有電影才有小說。

這種情況可以避免很多不必要的枝節，使得故事更精簡，變化更多。

因為電影是一種整體的作業，不知道要消耗多少人的心血，也不知道要消耗多少物力和財力。

所以寫電影小說的時候，和寫一般小說的心情是絕不相同的。

幸好寫這兩種小說還有一點相同的地方，總希望能讓讀者激起一點歡欣鼓舞之心，敵愾同仇之氣。

我想這也許就是我寫小說的最大目的之一。

——當然並不是全部目的。

五

還有一點我必須聲明。

現在我腕傷猶未癒，還不能不停的寫很多字，所以我只能由我口述，請人代筆。

這種寫稿的方式，是我以前一直不願意做的。

因為這樣寫稿常常會忽略很多文字上和故事上的細節，對於人性的刻劃和感傷，也絕不會有自己用筆去寫出來的那種體會。

最少絕不會有那種細緻婉轉的傷感，那麼深的感觸。

當然在文字上也會有一點欠缺的；因為中國文字的精巧，幾乎就像是中國文人的傷感那麼細膩。

幸好我也不必向各位抱歉，因為像這麼樣寫出來的小說情節一定是比較流暢緊湊的，一定不會有生澀苦悶冗長的毛病。

而生澀苦悶冗長一向是常常出現在我小說中的毛病。

於病後，
非關病酒。不在酒後。
七十年二月十日夜